테일러 스위프트

나의 이야기로
우리를 노래하다

테일러 스위프트

테일러 스위프트

헬레나 헌트 엮음 | 김선형 옮김

마음산책

옮긴이 김선형

르네상스 영시와 현대 영미 드라마를 공부해 서울대학교에서 문학박사 학위를 받았다. 패티 스미스의 『M 트레인』, 토니 모리슨의 『솔로몬의 노래』, 마거릿 애트우드의 『시녀 이야기』, 수전 손택의 『다시 태어나다』, 시리 허스트베트의 『내가 사랑했던 것』, 델리아 오언스의 『가재가 노래하는 곳』 등 다수의 소설과 에세이를 번역했다.

테일러 스위프트
나의 이야기로 우리를 노래하다

1판 1쇄 발행 2024년 6월 20일
1판 2쇄 발행 2024년 6월 30일

지은이 | 테일러 스위프트
엮은이 | 헬레나 헌트
옮긴이 | 김선형
펴낸이 | 정은숙
펴낸곳 | 마음산책

담당 편집 | 이동근
담당 디자인 | 한우리
담당 마케팅 | 권혁준·김은비
경영지원 | 박지혜

등록 | 2000년 7월 28일(제2000-000237호)
주소 | (우 04043) 서울시 마포구 잔다리로3안길 20
전화 | 대표 362-1452 편집 362-1451 팩스 362-1455
홈페이지 | www.maumsan.com
블로그 | blog.naver.com/maumsanchaek
트위터 | twitter.com/maumsanchaek
페이스북 | facebook.com/maumsan
인스타그램 | instagram.com/maumsanchaek
전자우편 | maummaumsan.com

ISBN 978-89-6090-890-1 03840

* 책값은 뒤표지에 있습니다.

사람들에게 음악이 가장 필요한 순간은

사랑에 빠지거나

사랑에서 빠져나올 때죠.

일러두기

1. 이 책은 『Taylor Swift: In Her Own Words』(Agate Publishing, 2019)를 옮긴 것이다. 책 서문, 후반부에 실린 일부 문장과 연보는 2024년 청소년판으로 출간된 『Taylor Swift: In Her Own Words(Young Reader Edition)』을 참조했다.

2. 외국 인명, 지명, 독음 등은 외래어표기법을 따르되 관용적인 표기와 동떨어진 경우 절충하여 실용적 표기를 따랐다.

3. 앨범명은 『 』로, 곡명은 「 」로, 영화, 공연, 드라마, 프로그램, 기사, 투어 이름은 〈 〉로, 잡지명은 《 》로 표기했다.

4. 모든 곡명과 앨범명은 원어 제목을 그대로 실은 후 이를 독음대로 적거나 우리말로 옮긴 내용을 병기했다.

5. 216쪽에 있는 편집자주를 제외한 모든 각주는 옮긴이주이다.

서문

열한 살 아니 열두 살 때쯤, 부모가 운영하던 펜실베이니아의 크리스마스트리 농장에서 처음 기타를 배운 그 순간부터 테일러 스위프트는 이미지 메이커이자 스토리텔러였다. 부모는 모두 금융업 종사자였고(어머니 안드레아는 일을 그만두고 집에서 테일러와 남동생 오스틴을 키웠다) 음악산업과 관련된 경험은 전혀 없었다. 하지만 스위프트는 음악은 물론, 자기 음악을 대중에게 들려주기 위해 해야 하는 모든 일에서 초능력에 가까운 재능을 지니고 있었다.

그는 스타덤을 꿈꾸는 보통의 아이들과는 달라야 한다는 사실을 처음부터 알고 있었다고 말했다. 무조건 더 열심히, 더 잘해야 했다. 그는 일찌감치 기타를 배우고 바비큐 파티나 보이스카우트 행사에서 연주했으며 중학생 때부터 내슈빌의 음악 에이전시에 데모 테이프를 보냈다. 하지만 뭐니 뭐니 해도 스위프트의 독보적인 차별점은 직접 쓴 노래들—어린 나이에 썼는데도 세련되고 귀에 착 달라붙으며 누구나 공감할 수 있는 노래들—이었다. 자작곡의 힘으로 스위프트는 내슈빌 뮤직 로우*에 진출한다.

이 초창기의 노래들에는, 『1989』나 『Reputation평판』까지 이어지는 테일러 스위프트 고유의 윤리가 이미 담겨 있다. 스위프트가 처음 완성한 곡 중 하나인 「The Outside바깥」는 중학교 때 겪은 괴롭힘과 따돌림을 말한다. 숱한 다른 노래가 그렇듯, 「The Outside」도 고통의 경험을 채굴해 이미지로 세공한다. 테일러 스위프트는 힘들었던 시기와 아팠던 상처를 성공으로 연마한 아웃사이더다. 누구나 한 번쯤 겪어본 거절의 아픔을 누구나 사랑할 수 있는 음악으로 승화한 아웃사이더다.

내슈빌의—스위프트는 열네 살 때 부모를 설득해 내슈빌로 이사했다—대다수 레이블은 컨트리음악을 듣는 청취자들의 인적 구성으로 볼 때, 스위프트가 학교에서 쉬는 시간에 쓴 괴롭힘, 하이틴 로맨스, 거절에 대한 노래들이 큰 관심을 끌기는 어렵다고 판단했다. 그러나 그는 자기 이미지와 그 이미지의 매력을 음반 제작자들보다 훨씬 잘 알고 있

---

* 테네시주 내슈빌 남서부 도심 지역에 위치한 컨트리음악과 가스펠의 중심지로 RCA 레코드의 스튜디오를 위시해 무수한 레코드 레이블, 음반 제작사, 뮤직 라이선스 중개사, 라디오방송사 등이 모여 있다.

었다. 예컨대 「Our Song우리 노래」은 학교 친구들 사이에서 대성공을 거뒀는데, 그들이 가사에 나오는 은밀한 한밤의 대화와 성가시게 간섭하는 부모를 자신의 이야기라고 느꼈기 때문이다. 전달할 청중은 아직 없었지만 테일러 스위프트에게는 명확한 페르소나가 있었고, 그 페르소나를 통해 전하고자 하는 메시지도 있었다. 이제 음악산업 종사자가 나타나 그 메시지를 세상에 선보이기만 하면 되었다.

그 누군가가 바로 유니버설 뮤직 그룹에서 일하면서 독자적 레이블을 출시할 계획을 세우고 있던 스콧 보체타Scott Borchetta였다. 내슈빌 블루버드 카페에서 스위프트를 스카우트한 보체타는 아직 생기지도 않은 자신의 레이블 빅 머신 레코드Big Machine Records와 계약하자고 제안했다. 스위프트는 충실하게 계약에 임했으며, 이 레이블과 파트너십을 맺고 첫 여섯 장의 앨범을 발매했다. 앨범을 발매할 때마다 성공의 규모는 비약적으로 커져만 갔다.

스위프트는 자신을 기다리고 있던 청중을 금세 찾아냈다. 첫 싱글 「Tim McGraw팀 맥그로」, 자신의 이름을 내건 첫 앨범 『Taylor Swift』는 다수의 컨트리 차트에 올랐고 시상식에서 주목받았으며 팬층도 넓어졌다. 그는 지칠 줄 모르고 일했다. 음악을 홍보하고, 투어와 레코딩 스케줄을 따라잡기 위해 홈스쿨링으로 공부하면서 컨트리음악 커뮤니티를 확실히 파고들었다. 라디오 DJ나 텔레비전 호스트와의 인터뷰에서는 스스로 이룩한 성공에 얼떨떨해하고, 농담에 쉬이

웃음을 터뜨리며, 남자친구들이나 중학교에서 일진 노릇을 하는 아이들을 흉보기도 하는 평범한 십대 여자아이라는 인상을 주었다. 십대 소녀들의 경험이 자연스럽고 흥미로우며 노래로 만들어 부를 가치가 있음을 보여줌으로써, 스위프트는 평범함을 비범한 성공으로 바꾸었다.

이어서 『Fearless^{두려움 없이}』와 『Speak Now^{지금 말해요}』가 나오자, 스위프트의 성공을 아무도 의심할 수 없게 되었다. 불과 두 번째 앨범인 『Fearless』는 빌보드 200 차트 정상에 올랐고 그래미 어워드 올해의 앨범상을 수상했으며 처음으로 단독 글로벌 투어도 시작했다. 이 앨범은 이미지 변화의 신호탄이기도 했다. 그는 작은 마을에 사는 시골 소녀의 이미지를 벗어던지고, 눈에 띄지 않는 범생이(「You Belong With Me^{너는 항상 나의 짝인걸}」)와 동화 속 공주(「Love Story^{러브 스토리}」)를 아우르는 새로운 페르소나로 변신하면서 실제 여자 고등학생들이 학교생활과 사적인 세계를 오가며 느끼는 괴리를 적확히 표현했다.

앨범 『Speak Now』는 첫 앨범 『Taylor Swift』와 마찬가지로 집단 괴롭힘과 실연의 주제를 다루지만, 이번에는 학교라는 배경을 벗어나 한 단계 성장한다. 그래미상을 두 개나 받은 노래 「Mean^{비열해}」은 그래미 어워드 무대에서 스티비 닉스와 함께 「Rhiannon^{리아논}」을 불렀던 퍼포먼스를 혹평한 비평가에게 주는 답이었다. 「Innocent^{무죄}」는 스위프트가 MTV 비디오 뮤직 어워드를 수상하던 중 무대에 난입했던 카녜이 웨스트를 용서하는 노래로 간혹 어린애 달래듯 낮잡아 생색을 내기도 한다.

그리고 『Speak Now』 속 연애 상대는 풋볼 팀 주장이나 옆집 소년이 아니었다. (스위프트는 언론에 사생활 이야기를 거의 하지 않으므로, 보도된 바에 따르면) 존 메이어, 조 조너스, 테일러 로트너는 각자 자기 분야에서 이름난 셀럽들이었다. 음악의 편성 규모도 훨씬 커졌다. 「Haunted사로잡힌 마음」 같은 노래에는 야심찬 오케스트라 편곡이 들어갔고, 「Dear John친애하는 존에게」과 「Enchanted마법에 걸려서」는 비음을 꺾어 부르는 보통의 3분짜리 컨트리음악보다 길이도 길거니와 형식적으로도 세련되어, 단순한 멜로디들을 쌓아서 웅장하게 휩쓰는 팝 코러스로 나아갔다.

『Speak Now』 투어와 연이어 진행된 언론 프로모션이 끝날 무렵에, 그는 누가 봐도—사랑에 빠진 소녀의 별빛 반짝이는 눈빛을 뒤로하고—어른의 영역으로 발돋움할 준비를 마치고 있었다. 『Speak Now』 투어가 진행 중이던 2011년, 《뉴요커》의 프로필 기사에는 이런 구절이 실렸다. "스위프트는 '요즘 들어 삶의 목적은 만족감의 성취라는 결론을 내렸어요……. 항상 터무니없는 행복에 젖어 살 수는 없다는 걸 알았거든요'라고 말했다. 그는 다음 앨범을 위해 지금까지 열 곡을 새로 썼다. 그 노래들의 특징을 묻자 그는 이렇게 답했다. '슬프다고 해야 할까요? 솔직히 말한다면요.'"

여기서 말한 다음 앨범이 바로 『Red레드』다. 과거의 컨트리 사운드와 결별하고 팝 음악과 어른의 문제로 나아가는 결정적 행보였다. 『Red』는 스위프트가 이십대에 작곡한 첫 앨범이다. 대체로 실연의 아픔—제이크 질렌할과의 연애에서 크게 상처를 받았다는 추정이 있다—을 사색하는 노래들은 십대에 스타가 되고 나서 겪은 성장통을 잘 보여준다. 오랫동안 함께 작사한 리즈 로즈Liz Rose와 공동으로 쓴 「All Too Well다 너무 괜찮아」은 팬들이 가장 사랑하는 노래로, 스토리텔링의 사소한 디테일을 활용해 헤어진 후 밀어닥치는 아련한 그리움을 전달한다. 전설적인 스웨덴 출신 프로듀서 맥스 마틴Max Martin과 셸백Shellback이 참여한 팝송들—「We Are Never Ever Getting Back Together우리는 절대 절대로 다시 사귀지 않을 거야」「I Knew You Were Trouble난 당신이 골칫거리라는 걸 알았어」「22」 등—은 한층 발전해서 새로운 컬래버레이터와 함께 새로운 사운드를 기꺼이 실험하는 태도를 보여준다.

『Red』는 가슴앓이를 주도면밀하게 포장해서 내밀지만, 여전히 아물지 않은 쓰린 마음의 상처를 그대로 드러낸다. 『Red』 홍보 당시 스위프트는 과거와 달리 속내를 쉬이 터놓지 않는다는 인상을 줄 때가 많았다. 「The Lucky One행운아」 같은 노래를 보면, 이제 명성도 그리 빛나 보이지 않는다. 사생활을 둘러싼 루머와 힘든 공연 일정에서 비롯했을 부담이나 긴장이 눈에 띈다. 스위프트는 팬들과 함께 성장하고 있었다. 보통의 이십대와 달리 고민거리가 거창할 듯도 한데, 막상 『Red』에서 토로한 불확실성과 가슴앓이는 변함없이 심오하고 사적이었으며 깊은 공감을 일으켰다. 성장기를 통과하면서도 스위프트는 체험을 갈고닦는 재능을 잃지 않았고, 범접할 수 없지만—어쨌든 팝 스타니까 말이다—취약성을 드러내기도 하는 공적 이미지로 승화했다.

『Red』를 통해 스위프트가 명성, 커리어, 사생활의 무게를 어느 정도 표현해냈다면, 『1989』는 그 무게를 일거에 덜어낸다. 『1989』는 스위프트가 음악적 뿌리인 컨트리 장르에서 벗어나 본격적으로 팝을 표방한 첫 앨범이었고 어떤 면에서는 어마어마한 도박이었다. 이 앨범에서 그는 이별을 선언하고(「Clean깨끗하게」), 가십과 비판을 무시하며(「Shake it Off떨쳐내버려」), 상대를 끝없이 갈아치운다는 데이트 루머들을 끌어안고(「Blank Space빈 공간」), 앨범 사이클이나 명성, 연애와 무관하게 독자적인 삶의 결정을 내린다(「Welcome to New York뉴욕에 오신 걸 환영합니다」). 레이블에서는 전곡이 팝으로 구성된 앨범을 발매하는 데 회의를 표했지만, 『1989』는 엄청난 성공을 거두었다. 첫 주에 무려 128만 7천 장이 팔려나갔고, 그래미 올해의 앨범상을 수상했으며, 2014년에 미국에서 가장 많이 팔린 앨범이 되었다. 스위프트는 제 마음을 따랐고, 주위 사람들이 아니라고 할 때에도 자기 입장을 고수했으며, 레이블도 미디어도 음악산업도 다른 누구도 아닌 자기 자신이야말로 이미지와 커리어의 주인임을 입증했다.

스위프트는 또한 『1989』를 스포티파이에서 공개하지 않겠다는 중대한 결정을 밝혔고, 얼마 후에는 과거의 앨범을 포함한 전곡 카탈로그를 내렸다. 또한 애플뮤직이 사용자 체험 기간인 3개월간 뮤지션에게 저작권료를 지급하지 않는다는 사실을 알고 나서는 공개적으로 비판하는 서한을 보냈다. 그가 스포티파이에서 앨범을 내린 건 음반 판매량을 올리려는 꼼수라고, 아니면 스포티파이의 음악 사용료가 너무 싸서 그럴 뿐이라고 말하는 사람들도 있었다. 그러나 스위프트는 부당한 체제에 대한 대중의 이목을 끌고자 내린 결정이라고 주장했다. 그 같은 대형 팝 스타뿐 아니라 신인 뮤지션이나 막 음악 연주를 배우기 시작해서 언젠가 밴드를 시작하겠다는 꿈을 품은 아이들을 위해서라도 해야 할 일이었다. 뮤지션은 누구나 음악에 금전적 대가를 받아야 하고, 팬들과 기업들은 음악을 돈 주고 살 가치가 있는 귀한 상품으로 인식할 필요가 있다고 했다. 음악 업계에서도 의미 있는 반응을 보였다. 애플뮤직은 3개월 체험 기간에도 저작권료를 지불하기로 했다. 스위프트는 2018년 새로운 레이블 유니버설 뮤직 그룹과 계약할 때, 스포티파이 음악 사용료의 경우 선불금 잔고 여부와 상관없이 자사 소속 예술가들에게 전액 배분하겠다는 합의를 받아냈다. 그는 수백만 장에 달하는 음반 판매량을 통해 스트리밍서비스로 듣는 음악이라도 사람들은 기꺼이—적어도 그의 음악이라면—값을 지불하고 구매한다는 사실도 증명해냈다.

물론 스위프트는 여전히 팝 스타였다. 따라서 음악산업에 대해 목소리를 내거나 커리어에 중대변화를 시도할 때마저도 연애사를 묻는 고리타분한 질문들을 피할 수 없었다. 덧붙여 『1989』가 발매되고 몇 년 후에 불붙은 논란은 그가 커리어의 다음 향방을 정하는 계기가 되었다. 카녜이 웨스트가 2009년 MTV 비디오 뮤직 어워드 시상식에서 공개적으로 스위프트를 모욕한 사건 이후, 두 사람은 결국—가끔은 불편한—동맹을 맺게 된다. 카녜이 웨스트가 「Famous유명세」를 녹음할 때 스위프트에게 "어쩐지 아직도 테일러 스위프트와는 섹스할 수 있을 것 같아I feel like me and Taylor Swift might still have sex"라는 가사에서 이름을 언급해도 될지 물었던 것도 이런 이유에서다. 그러나 이 곡이 발표된 후 스위프트 측에서는 노래에 "나쁜 년bitch"이라는 단어를 써도 좋다고 한 적은 없다고 밝혔다. 양측의 엇갈리는 주장이 갑론을박으로 이어졌고, 카녜이의 부인 킴 카다시안이 스위프트가 허락하는 내용을 담은 녹취를 공개하자 스위프트는 앞으로 이 문제에서는 완전히 빠지고 싶다는 의사를 표했다.

설상가상 전 연인인 캘빈 해리스뿐 아니라—추정이지만—케이티 페리와도 분쟁에 휘말리자, 그가 유명세를 흉기처럼 휘둘러 남의 뒤통수를 치고 커리어를 망치는 음흉한 디바라고 생각하는 사람들이 생겨났다. 『Taylor Swift』 때의 순진한 곱슬머리 여자아이, 아픈 가슴을 부여잡은 『Red』의 싱어송라이터는 흔적도 없이 사라진 지 오래였다. 그러나 그는 언제나 그렇듯, 끝내, 또다시 준비를 마쳤다. 그리고 새로운 이미지로 루머에 대항했다.

2017년 말, 스위프트는 소셜미디어 계정의 게시물을 모두 삭제했다. 며칠 후 똬리 튼 뱀을 담은 영상들이 올라왔다. (카다시안-웨스트와 얽힌 난리법석 소동이 벌어지던 가운데 카다시안을 위시한 몇 사람이 스위프트를 뱀이라고 부르기 시작했었다.) 스위프트는 곧바로 새 앨범 『Reputation』의 발매를 공표하고 「Look What You Made Me Do너 때문에 내가 무슨 짓까지 하게 됐는지 봐」를 선공개했다. 이 싱글의 가사와 뮤직비디오은 그간의 분쟁을 언급하며 예전보다 한층 독하고 비열해진 모습으로 새롭게 일어서는 자아를 보여준다. 이제는 모르는 사람이 없지만, 곡이 잠시 끊어지는 악명 높은 휴지부에서 옛날의 테일러 스위프트는 지금 전화를 받을 수 없다는 말이 나온다. 왜? 죽었으니까. 흡사 「Blank Space」 때처럼, 자기 평판의 고삐를 틀어쥐고 아무도 감히 놀리거나 싸움을 걸어오지 못하게 단단히 잡아채는 것만 같다. 스위프트는 가수 활동을 하는 내내 자신은 귀가 얇고 마음이 여린 사람이라고 말했다. 마음 여린 사람이 윽박지르는 불한당에게 복수하려 할 때, 뱀처럼 터프해지는 것보다 좋은 방법이 또 있을까?

하지만 스위프트는 음악을 이미지 변신의 도구로만 이용하는 뮤지션은 아니다. 『Reputation』 발매를 앞두고 팬들은, 언제나 그렇듯, 이번에도 그들의 스타가 있는 그대로의 진짜 감정들을 펼쳐 보여주리라는 기대감을 품었다. 단순한 분노와 배신감뿐 아니라 상처, 희망, 사랑까지도. 융단폭격을 연상시키는 『Reputation』의 초대규모 프로모션은, 스위프트 본인의 말을 그대로 빌리면, 대중의 이목을 딴 곳으로 돌려놓고 나서 앨범의 핵심인 감정을 드러내기 위한 미끼이자 스위치였다. 「Delicate^{섬세한}」와 「New Year's Day^{새해 첫날}」 같은 노래들은, 평판의 연막 속에서 사랑에 빠지는 스위프트를 보여준다. 홍보 전략이기도 했지만, 『Reputation』이 공들여 빚어낸 스위프트의 이미지에 청취자들은 공감할 수 있었다. 다른 사람들이 자기를 어떻게 볼지 걱정해본 적 없는 사람이 있을까? 스위프트는 언제나 모든 사람이 똑같이 겪는 두려움과 환희를 바탕으로 자기의 브랜드를 심었다. 따돌림과 괴롭힘을 당하고, 실연을 당하고, 또 사랑에 빠지는 사람. 『Reputation』의 거친 이미지 아래 앨범의 감정적 핵심이 숨어 있다. 평판의 연막 속에서―아마도 오랜 연인이었던 조 알윈을―사랑하게 되어버린 마음 말이다.

2019년 여름, 스위프트는 다시 한번 소셜미디어에 밝은 파스텔 톤 사진들을 올리면서 새로운 앨범을 예고하고 업비트의 팝 음악 「ME!^{나!}」를 발표했다. 곧이어 발매된 앨범 『Lover^{연인}』는 어설프고, 소녀답고, 감정적으로 솔직했던 십대 시절로의 회귀였다. 아니, 사실 그 시절로부터 한 번도 멀리 떠나온 적이 없다는 증거였다. 스위프트는 월드 투어 대신 작은 페스티벌에서 공연하며 앨범을 홍보하기로 계획했지만, 코로나19 탓에 어쩔 수 없이 모든 공연을 취소했다.

팬데믹 기간 동안 스위프트는 새 앨범 『Folklore^{민간설화}』를 발표했다. 이 앨범은 이중으로 놀라웠다. 과거의 장르들로

부터 또 한 번 탈피한 것도 모자라, 잔잔한 인디 포크 발라드 장르를 시도했기 때문이다. 『Folklore』에 수록된 곡들은, 처음으로 그 자신보다 상상 속 인물들의 이야기를 더 많이 했다. 놀랄 일은 그뿐이 아니었다. 불과 몇 달도 되지 않아, 『Folklore』의 자매 앨범 『Evermore언제까지나』를 발표한 것이다. 『Evermore』는 인디적인 사운드와 허구의 이야기를 다룬다는 점에서 이전 앨범과 결을 같이했다. 스위프트는 상상에서 출발한 이야기를 멈출 수 없었다고 말했다.

이듬해인 2021년부터, 스위프트는 이전 레이블에서 발매됐던 초기 앨범 여섯 장을 새로 녹음해 발표하기 시작했다. 빅 머신 레코드는 스위프트와의 계약이 만료됐을 때, 앨범의 마스터 레코딩 권한을 스위프트에게 팔기를 거절했다. 그러고는 마스팅 레코딩 권한을 음악계 CEO이자 기획자인 스쿠터 브론Scooter Braun에게 팔아버렸다. 훗날 스위프트는 스쿠터 브론을 두고 깡패와 다를 게 없는 사람이라고 했다. 팬들은 플레이리스트 목록에서 이전 앨범의 곡을 지우고 재발매 앨범의 곡으로 바꿈으로써 스위프트의 결정을 환영했고, '2021년 가장 위대한 팝 스타'라고 칭송한 《빌보드》를 필두로 비평가들 또한 그를 지지하고 나섰다.

2022년, 스위프트는 일렉트로팝 앨범 『Midnights자정의 밤들』를 공개하면서 다시 팝 음악의 시기로 돌아왔다. 걱정과 불안으로 얼룩진 불면의 밤들로부터 영감을 받은 『Midnights』 앨범은 무수한 기록을 새로 갈아치웠다. 스포티파이에서 하루 동안 가장 많이 스트리밍된 앨범이 되었을 뿐 아니라, 빌보드 핫 100 차트 1위부터 10위를 독차지했는데 이는 과거 그 어떤 앨범도 이루지 못한 위업이었다.

투어 없이 5년을 보낸 스위프트의 무대 복귀는 누구나 손꼽아 기다리는 이벤트였다. 그리고 이는 〈에라스 투어Eras Tour〉라는 형태로 실현되었다. 무려 다섯 대륙을 오가며 스위프트의 모든 앨범과 음악적 역사를 다루는 기획이었다. 미국 티켓 선판매 기간 첫날 무려 1,400만 명의 팬들이 몰리면서 티켓마스터 웹사이트가 마비됐다. 스위프트의 커리어가 언제나 그러했듯이, 〈에라스 투어〉 또한 전 세계적으로 새로운 기록을 만들어내는 문화적 현상이 될 것이다.

이런 서문을 달긴 했지만, 이 책은 테일러 스위프트를 분석하거나 비평하지 않는다. 이 책은 팝 스타가 자신의 육성으로 말하게 한다. 책에 실린 인용문들은 변화하고, 쓰러지고, 다시 일어서고, 제 목소리를 만들어내고, 새로운 아이디어를 발견하고, 후세에 남길 이름을 쌓아나가는 그의 모습을 있는 그대로 보여준다. 단순히 가수로서가 아니라 운동가로서, 예술가를 옹호하는 대변인으로서, 또 언제나 너무 빨리 성장해야 했지만 늘 끝끝내 따라잡아냈던 젊은 여자로서, 그가 후세에 길이 남길 이름 말이다.

헬레나 헌트

차례

다시 쓰는 이야기

한 사람의 삶

한 사람의 삶

부모님과 함께한 어린 시절의 스위프트

© 테일러 스위프트 인스타그램

어른이 되면 안 돼

어린 시절과 내슈빌로 가는 길

저는 크리스마스트리 농장에서 자랐어요. 기억나는 건 그저, 산발을 하고서 미친 듯 뛰어놀아도 되는 엄청 넓은 공간이 있었다는 것뿐이에요. 그런데 그게 제가 상상력을 발휘해서 머릿속으로 꾸며낸 사소한 이야기들에 골몰하는 데 정말로 큰 영향을 준 것 같아요. 그러다 나중에 작사로 이어졌죠.

—2010년 1월 31일, 제52회 그래미 어워드 리허설

엄마는 명함에 "테일러"라고 쓰여 있으면 남자인지 여자인지 알 수 없는 게 멋지다고 생각했어요. 제가 비즈니스의 세계에서 자기 사업을 하는 사람이 되기를 바랐거든요.

—2009년 3월 5일, 《롤링 스톤Rolling Stone》

〈라이온 킹〉 같은 디즈니 영화에 노래가 엄청 많이 나오잖아요. 그런 영화를 보고 집에 오면 영화에서 딱 한 번 들은 노래를 가사까지 붙여서 부르곤 했는데, 사실 제 맘대로 바꿔 부른 가사였어요.

—2014년 10월 29일, CBS 〈디스 모닝This Morning〉

기타는 12현으로 배웠는데, 순전히 어떤 남자가 저한테 손이 작아서 12현은 절대로 연주 못 한다고 말했기 때문이에요. 뭐든 이런 건 못 할 거라는 말을 들으면, 오히려 더 하고 싶어져요.

—2009년 1월 26일, 《틴 보그Teen Vogue》

처음 곡을 쓰기 시작한 게 언제냐면, 컴퓨터를 수리하러 온 남자가 방금 공연을 하고 왔다면서 기타를 가져왔을 때예요. 기타 코드를 몇 개 배우고 싶으냐고 하기에 "네!"라고 대답했죠. 그 사람이 기타 코드 세 개를 가르쳐주고 자기 기타를 일주일 동안 우리 집에 두고 갔어요. 그래서 첫 곡을 작곡한 거예요.

—2009년 5월, 영국 음악 인터뷰 쇼 〈더 핫 데스크The Hot Desk〉

한번 기타를 잡았더니 멈출 수가 없더군요. 말 그대로 손가락에 피가 나도록 연주했어요. 엄마가 반창고를 감아줬는데, 그러니 학교에서 제가 인기가 있었겠어요? "쟤 손가락 좀 봐. 너무 이상하다"라고 다들 말했죠.

—2009년 3월 5일, 《롤링 스톤》

작곡을 시작한 이유가 뭐냐면, 학교에서 힘든 하루를 보냈거나 어려운 시기를 지나고 있을 때마다 그냥 혼자 이런 말을 하게 됐어요. "괜찮아, 언젠가 이걸로 곡을 쓸 수 있을 거야." 그러니까 스스로 뇌를 훈련시켰던 것 같아요. "아파? 아픔에 대해서 노래를 쓰자. 뭐야, 주체 못 할 감정? 그걸로 노래를 만들자."

—2012년 11월 26일, 호주 뉴스 프로그램 〈투데이Today〉

학교에 다닐 때는 남들과 다른 면이 있으면 무조건 이상한 애가 돼요. 이상하다고 하면 또 그대로 별종이 되어버리죠……. 그래서 뮤지션들을 비롯해서 음악산업이든 할리우드든 어디든 결국 이런 일을 하게 된 사람들한테서 똑같은 스토리라인을 많이 접하게 되는 것 같아요. 다른 애들이 별로 좋아하지 않는 뭔가를 아주 어린 나이부터 사랑했던 사람들이니까요.

—2015년 12월 13일, 라디오방송 〈비츠 1^{Beats 1}〉

「The Outside」는 어렸을 때 학교에서 겪은 힘든 일을 쓴 곡이에요. 그럴 때 있잖아요, 학교에 가면서도 오늘 하루 누군가와 말을 섞는 일이 있기나 할까 도저히 알 수 없는 날이요. 제 말은요, 정말 외톨이라 바깥에서 안쪽을 들여다보면서 지내는 시간이 너무 많았다는 얘기예요. 그러니까 이 노래는 왜 제가 작곡을 하게 됐는지, 그 이유의 근간인 것 같아요. 그때쯤 되니까 그냥 이렇게 생각하게 되더라고요. '사람들이 늘 내 편이었던 건 아니지만, 음악만은 언제나 내 곁에 있었어.'

—2006년 12월 5일, 〈언플러그드 앳 스튜디오 330^{Unplugged at Studio 330}〉

진짜로 처음 완성한 노래는 「Lucky You 너는 행운아구나」라는 곡이에요. 보통 사람들과 전혀 다른, 아주 독특한 여자아이의 이야기인데, 그 여자아이는 자기 노래를 부르게 되고 자기의 길을 가게 돼요……. 열두 살다웠죠. 아주 기분이 좋아지고 영감이 차오르는 달달한 노래였어요. 다시 들어보면, 그때 제 목소리는 꼭 노래하는 꼬마 다람쥐 같더라고요.

—2009년 5월, 〈더 핫 데스크〉

장기 자랑 프로그램에 출연해서는 만나는 사람한테마다 "나는 누구누구예요. 나는 언젠가 유명한 사람이 될 거예요"라고 말하던 여자애들이 기억나요. 저는 그런 아이가 아니었어요. 그냥 기타를 들고 나와서 "이건 제가 우리 반 남자애에 관해서 쓴 노래예요"라고 말했죠. 지금도 저는 그 일을 계속하고 있어요.

—2009년 7월 1일, 《글래머Glamour》

컨트리음악에 대한 제 사랑을 시멘트로 발라 꽝꽝 굳혀버린 여자가수 셋이 있어요. 샤니아 트웨인Shania Twain은 인디음악과 크로스오버의 매력을 가져왔고요. 페이스 힐Faith Hill은 아름다움과 우아함과 고전적으로 화려한 매력이 있죠. 그리고 딕시 칙스Dixie Chicks는 "당신이야 뭐라고 생각하든 개의치 않아"라고 말하는 그런 괴짜다움을 갖췄단 말이에요.

―2008년 11월 27일, 《롤링 스톤》

음악에 젖어 자기도 모르게 오래 잊고 있던 기억 속으로 돌아가게 되는, 그런 게 우리가 경험할 수 있는 시간 여행에 가장 가까운 감각이 아닐까요. 아직까지도 딕시 칙스의 「Cowboy Take Me Away카우보이 나를 멀리 데려가줘요」를 들으면 즉시 열두 살 때 그 감정이 되살아나요. 펜실베이니아의 우리 집 나무 널판을 댄 작은 방에 앉아 있는 느낌이죠.

기타를 꼭 부여잡고 코드를 연주하면서 동시에 노래를 하는 법을 배우고 있어요. 어느 커피하우스*에서 연주하게 되어서 연습하는 거예요.

―2019년 2월 28일, 《엘르Elle》UK

* 커피를 마시면서 라이브 공연도 감상할 수 있는 공간. 내슈빌에서는 공연 무대가 갖춰진 커피하우스를 종종 볼 수 있다.

열 살 때 페이스 힐에 대한 TV 프로그램을 봤는데, 거기 글쎄 이런 말이 나오더라고요. "페이스 힐은 열아홉 살 때 내슈빌로 이사했고, 그렇게 컨트리음악에 입문했다." 그렇게 해서 열 살 나이에 바로 이거다, 하고 정신이 번쩍 드는 깨달음을 얻었던 거죠. '꼭 내슈빌로 가야겠어.' 그렇게 마음을 먹었어요. 내슈빌은 꿈이 현실이 되는 마법의 꿈나라였어요……. 그때부터 날이면 날마다 부모님께 애원하고 졸라대며 칭얼거리기 시작했어요. "나는 꼭 내슈빌로 가야 해요. 제발, 제발, 제발 날 내슈빌에 데려다줘요. 꼭 가야 한단 말이에요!"

—2009년 5월 8일, 〈폴 오그레이디 쇼The Paul O'grady Show〉

열네 살짜리 딸을 위해 국토를 횡단해서 이사를 간다니 미친 소리 같지만, 저는 정말로 끈질겼어요. 게다가 아홉 살 무렵부터 기회만 생기면 무대에 서고 있었죠. 카페에서 공연하고 작곡을 하고 데모 테이프를 녹음하고 있었어요. 지금 생각해보면 제가 봐도 좀 이상한 애 같아요. 애가 그러는 게 정상은 아니잖아요. 하지만 저한테는 당연하게 느껴졌어요.

—2014년 11월 7일,《톱 빌링Top Billing》

우리 부모님은 나서서 무대 뒷바라지를 하는 부모들과는 정반대셨어요. 부모님은 자식이 음악에 완전히 미쳤다는 걸 알고는, 저를 어찌해야 할지 몰라 하셨죠. 두 분 다 노래도 악기 연주도 하지 않았거든요. 두 분에게는 엇나가도 한참 엇나간 분야였지만, 제가 허구한 날 음악 생각만 하고 사니까 순전히 그 이유로 음악산업에 대해 배우지 않을 수 없었던 거예요.

— 2014년 9월 28일, 캐나다 퀘벡 토크쇼
〈모두가 그 이야기를 하고 있어요Tout Le Monde en Parle〉

엄마와는 언제나 정말 친한 사이였어요. 엄마는 언제나 제 편을 들어주고 곁에 있어주셨죠. 중고등학교 때는, 저한테 친구가 별로 없던 시기가 있었거든요. 하지만 엄마가 항상 제 친구였어요. 항상. 처음부터 그렇게 곁에 있어준 사람들을 어떻게 잊을 수 있겠어요.

— 2008년 7월 19일, 〈CMA 셀러브리티 클로즈업CMA Celebrity Close Up〉

엄마는 무슨 일이든 현실을 기준으로 생각하고 아빠는 항상 백일몽을 꾸듯 사고해요. 그래서 "이걸로 우리가 얼마나 멀리까지 갈 수 있을까?"라고 말하죠. 모든 게 가능해진 이 지점까지 저는 한 번도 머릿속에서 가본 적이 없어요. 언제나 아빠가 갔던 거죠.

—2012년 10월 25일,《롤링 스톤》

열 살 때는 밤에 말똥말똥 눈을 뜨고 누워서 우레처럼 환호하는 군중을, 무대로 걸어 나가는 저를, 조명 불빛이 처음으로 비추는 저를 생각했어요. 하지만 그런 생각을 할 때 전 늘 계산했어요. 그러면 어떤 기분일지가 아니라 정확히 어떻게 해야 그 자리에 설 수 있을까 곰곰 궁리했어요.

—2007년 12월 3일,《컨트리 위클리Country Weekly》

여러 가지 디딤돌이 아주 많이 필요하니까, 여러 사람들을 만나면서 그 사람이 소개시켜주는 또 다른 사람을 만나고, 그다음엔 아주 열심히 일하는 거예요. 공연장이라고 할 수 없는 데서도 연주했어요. 보이스카우트 회합에서, 가든 클럽 모임에서, 커피숍에서, 할 수 있으면 어디서든 연주했어요. 순전히 좋아서요.

—2009년 11월 13일, 〈마이 데이트 위드…My Date With…〉

아홉 살 무렵부터
기회만 생기면
무대에 서고 있었죠.
카페에서 공연하고
작곡을 하고
데모 테이프를
녹음하고 있었어요.

열한 살 때 내슈빌로 와서 무작정 앨범 레이블들의 문을 두드렸어요. 엄마는 차에서 기다리고요. 저는 노래방에서 녹음한 이 작은 데모 테이프를 가지고 주요 레이블마다 들어가서 "저기, 저는 테일러라고 하고요, 열한 살인데요, 앨범 계약을 하고 싶어요. 전화 주세요"라고 말했어요.

—2014년 12월 7일, CNN 〈스포트라이트Spotlight〉

소니/ATV 퍼블리싱에 작곡가로 취직했을 때 열네 살이었어요……. 중학교 2학년이었는데 학교 끝나면 엄마가 와서 차로 저를 시내의 회사에 데려다줬어요. 그러면 저는 가서 내슈빌의 대단한 작곡가들과 곡을 썼죠. 일이 끝나면 집에 가서 숙제를 했어요.

—2008년 11월 11일, 〈엘런 디제너러스 쇼Ellen DeGeneres Show〉

저와 곡을 쓰는 작곡가들은 누구라도 생각할 테죠. '오늘은 내가 열네 살짜리한테 곡을 써줘야 한다니.' 그래서 회의에 들어갈 때마다 탄탄한 아이디어를 다섯 개 내지 열 개쯤 준비했어요. 그 사람들 눈에 어린애로 보이기 싫었거든요. 같이 일할 작곡가로 봐주길 원했어요.

—2008년 11월 7일, 《뉴욕 타임스》

열세 살 때 RCA 레코드RCA Records와 미팅을 했어요. 그쪽에서 육성 가수로 계약하고 싶다더군요. 그 말은, 저를 지켜보고 싶긴 하지만 앨범을 내주겠다는 약속은 못 하겠다는 거예요. 말하자면, 데이트는 하겠지만 남자친구가 되기는 싫다는 남자와 비슷해요. 1년 후에 작곡한 노래들을 제출하면 그때 보고 저를 보류하든지―계속 지켜보는 거죠―계약을 파기하든지 하는 식으로 앨범 계약을 하겠다고 하더라고요. RCA 레코드는 보류를 결정했고 저는 선택을 해야 했어요. 육성 가수로 남을 수도 있었죠. 하지만 당장 저를 믿지 못한다면 영영 믿어주지 않을 거라는 생각이 들더라고요. 그래서 어려운 결정을 내리고 혼자서 해보기로 했어요.

―2009년 7월 1일,《글래머》

처음에 앨범 계약을 따내려고 회사마다 돌아다닐 때 제일 많이 들은 얘기가 있어요. "컨트리음악 청취자는 젊은 층이 없다. 컨트리음악 청취 인구는 평균 35세의 여성이고, 그런 사람들만 컨트리 라디오를 듣는다……."

어딜 가나 그 말을 들었지만 저는 꿋꿋이 그럴 리가 없다고 생각했죠. 맞는 말일 수가 없었어요. 제가 컨트리음악을 듣고 있었고 어디에나 컨트리음악을 듣는 여자애들이 있었거든요. 조금 더 그들을 겨냥한 음악, 우리 또래를 향한 음악이 있으면 좋겠다고 바라고 있었죠.

— 2008년 11월 26일, 〈CMT 인사이더CMT Insider〉

제가 라디오에서 들은 노래는 하나같이 결혼과 아이와 정착 얘기만 했어요. 도저히 공감할 수가 없었죠. 그래서 한두 주쯤 데이트한 남자가 뒤에서 다른 여자를 만났다는 노래들을 계속 썼어요. 당시에 제가 겪은 모든 일을 노래로 썼죠……. 아무리 컨트리음악이라도 같은 또래가 썼는데 제 나이대의 아이들에게 가닿지 못할 이유가 없잖아요.

— 2009년 4월 26일,《텔레그래프》

이제까지 발표한 곡 가운데 제일 좋아하는 노래 중 하나가
「Fifteen열다섯」이에요. 고등학교 1학년 때 제 이야기인데, 절
친인 애비게일과 제가 고등학교에서 첫 1년을 함께 보내며
지나온 시간과 새롭게 배운 교훈을 연대기로 기록한 노래
죠. 그게 제가 좋아하는 스토리텔링이에요. 실제로 겪어봐
서 지금 무슨 말을 하는지, 왜 그런 얘기가 나오는지 제대
로 아는 사람의 관점에서 하는 얘기 말이에요.

—2011년 9월 1일, 〈유튜브 프레젠츠YouTube Presents〉 비디오

음반 계약을 따내려고 할 때는 절대로 "제 목소리는 유명
한 누구누구와 꼭 같아요"라는 말을 해서는 안 돼요. 절대
로 레이블에 그 말은 하지 마세요. 그러면 그쪽에서는 "글
쎄, 뭐, 우리한테는 어차피 그런 거물 아티스트가 많이 있어
요—그러니까 그쪽과 계약할 필요는 없겠네요"라고 할 거
예요. 젊은 아티스트라면, 독창적인 소리를 내려고 노력해
야 해요. 누구와도 닮지 않은 소리 말이에요.

—2007년 2월 16일, 《송라이터 유니버스Songwriter Universe》

페이스 힐에게서 아주 소소하고 작은 영향들을 받았어요. 이를테면, 영감 같은 거요. 힐은 누구에게나 친절하잖아요. 그런 게 저에게도 자연스럽게 배어들더라고요. 그런가 하면, 샤니아 트웨인은 자신만만하고 자신이 누군지 알죠. 그 또한 굉장한 영감으로 받아들였고요. 그러니까 결국, 가능하다면 최대한 많은 사람과 최대한 많이 다른 게 관건 같아요. 정말로 자기 자신이라고 할 무언가를 찾아야 해요.

—2009년 11월 13일, 〈마이 데이트 위드…〉

블루버드 카페에서 쇼케이스를 했는데, 아이러니하게도 페이스 힐이 발굴된 바로 그곳이었어요. 저는 기타를 치면서 자작곡을 엄청 많이 불렀거든요. 그때 관객 중에 스콧 보체타라는 사람이 있었어요. 그런데 그 사람이 공연 끝나고 저에게 와서 말하는 거예요. "내 레코드 레이블에 와줬으면 좋겠어요. 곡은 모두 직접 쓰면 좋겠고요." 그래서 전 정말 설렜어요. 그런데 그 주말 즈음에 그 사람이 전화해서 이러는 거 있죠. "어, 저기, 좋은 소식은 내 레코드 레이블에 와주면 좋겠다는 거고요. 나쁜 소식은 사실 내가 아직 레이블이 없어요."

—2010년 10월 22일,

다큐멘터리 〈테일러 스위프트: 저니 투 피어리스 Taylor Swift: Journey to Fearless〉

빅 머신 레코드는 처음에 직원이 열 명밖에 없었기 때문에 첫 싱글을 발매할 때는 저와 엄마가 가서 CD를 봉투에 넣어 라디오방송국에 보내는 일을 도와야 했어요. 회사에 아직 가구가 안 들어와서 바닥에 앉아서 했다니까요.

—2008년 2월 5일, 《엔터테인먼트 위클리Entertainment Weekly》

제 나이를 홍보 수단으로 쓰고 싶지는 않았어요. 그걸 제가 남보다 뛰어난 점이라고 내놓고 싶지 않았죠. 홍보는 음악에 맡기고 싶었어요. 그래서 제가 열일곱 살이라는 사실을 숨기지는 않았지만 헤드라인에 오르기를 바란 적도 없어요. 왜냐하면 저는 음악이 승리를 따내길 원했거든요. 실상은 열일곱 살이라는 게 장애물에 가까웠어요. 라디오방송국에, 또 그 라디오를 듣는 중년 청취자들에게 제 실력을 입증해야 했거든요.

—2007년 7월 25일, 《엔터테인먼트 위클리》

지금 고등학교로 다시 돌아가도, 풋볼 경기나 밴드 콘서트나 그런 행사로 돌아가도 말이에요, 얼마나 많은 사람이 저에게 와서 사인을 해달라고 하는지 같은 게 중요하지는 않아요. 학교에서 인기 많은 아이들을 보게 되면, 아직도 제 머리가 푸석푸석한 것 같고, 사람들이 다 저를 쳐다보는 것 같거든요.

— 2009년 1월 20일, 《세븐틴Seventeen》

ME!

나!

저는 대포알처럼 발사되는 거, 그런 데 익숙하거든요, 아세요? 지금 제 삶이 그와 비슷해졌어요. 그럼요, 당연히 신나는 기분이죠. 또 완전히 녹초가 되도록 피곤하기도 하고요. 하지만 그 피로감에는, 성취감이 있기도 해요.

—2012년 10월 29일, 라디오방송 〈믹스Mix 93.3〉

그런 얘기를 굉장히 많이 들어요. "왜 너는 반항을 하지 않니?" 하지만 저는 반항한다고 느끼거든요. 저에게 반항이란 누군가에 대한 노래를 부를 때 그 사람이 군중 속에 있다는 걸 아는 그 짜릿함이에요.

—2009년 5월 31일, NBC 〈데이트라인Dateline〉

학교에서도 스포츠에서도 상을 받아본 적이 없거든요. 그런데 별안간 여기저기서 상을 타기 시작했어요. 사람들이 항상 말하잖아요. 그 순간을 살라고요. 그런데 엄청난 시상식 같은 데서 그 순간을 살다가 상을 타게 되면, 완전 기겁하게 된다고요!

—2012년 10월 25일, 《롤링 스톤》

저는 지금부터 1년 후에 제가 어디서 투어를 하고 있을지 알고 있단 말이에요……. 그러니까 할 수 있는 한 제 삶에 즉흥성을 도입하려고 노력해요. 사실, 그게 정말 재밌단 말이에요. 그러니까 더 그렇게 하죠.

—2014년 10월 9일, BBC 〈라디오 1〉

저를 키워주신 부모님은 두 분 다 성공이나 승리에 주제넘게 굴지 말라고 하셨어요. 무엇이든 항상 노력으로 하나하나 얻어내야 한다고 하셨죠. 그래서 상을 타거나 하는 일이 있을 때마다, 이게 마지막이고 앞으로 또 그런 일은 없을 것 같았어요.

—2010년 10월 28일, 〈앨런 티치마시 쇼Alan Titchmarsh Show〉

낱말들이 저에게는 전부예요. 낱말들은 저를 탄탄히 쌓아 올려주고 정말 기분 좋게 해주죠. 하지만 뒤집어 보면, 낱말이 저를 완전히 무너뜨릴 수도 있어요. 저는 비판에 꿈쩍도 않는 경지를 아직 꿈도 못 꾸거든요.

—2010년 12월 3일, 《엔터테인먼트 위클리》

제 자신감은 쉽게 흔들려요. 저의 흠은 제가 낱낱이 알고 있거든요……. 제 머릿속에는 그런 건 못 한다고 끝없이 말하는 목소리들이 아주 많아요……. 그리고 무대에 수천 번 올라가다 보면, 영 아닌 공연들이 있단 말이에요. 많은 사람 앞에서 공연을 망치면, 그렇게 공공연하게 딱 지적당하면, 그럼요, 영향을 받을 수밖에요. 싱어송라이터로서 낯이 두꺼워지지는 못할 것 같아요. 방호벽을 둘러칠 수는 없거든요. 감정을 느끼는 게 제 일이니까요.

—2012년 11월 2일, NPR 뉴스 프로그램

〈올 싱스 컨시더드All Things Considered〉

엄마 말로는 제가 어렸을 때 잘못해도 혼낼 필요가 없었대
요. 엄마가 혼내는 것보다 훨씬 심하게 저 스스로를 질책했
다는 거예요. 실수를 저지르면 저는 지금도 그래요.

—2010년 12월 3일, 《엔터테인먼트 위클리》

평범할까 봐 두려워하는 마음이 두려워요.

—2006년 11월 21일, 《AP》

10분 간격을 두고 40만 번쯤 저 자신을 의심해요……. 제
가 무서워하는 것들을 나열하면 말도 안 되게, 정말 터무니
없이 긴 목록이 돼요. 말 그대로 전부 다 겁나요. 전부 다요.
병, 거미, 지붕을 받치는 들보 같은 것도요. 아니면 사람들
을 생각할 때도 겁나요. 내가 지겨워지면 어쩌지, 이런 전반
적인 생각이죠.

—2012년 11월 11일, 〈VH1 스토리텔러스VH1 Storytellers〉

엄마가 제 최후의 보루예요. 기분이 좋아지려고 노력하다 마지막에 엄마를 찾아가죠. 엄마는 합리적이고 현실적인 얘기를 정말 잘 해주시거든요. 엄마는 언제나 저를 균형을 잃고 비틀거리지 않을 자리로 다시 데려가주세요.

—2015년 8월 11일,《배니티 페어Vanity Fair》

아빠는 사진 찍는 데 난입해서 망치는 전설적인 재주가 있어요. 아빠가 제일 좋아하는 일이죠. 아무 때나 무작정 사진 뒷배경에 뛰어드시는 걸 정말 좋아하세요. 제가 하는 일을 열렬하게 응원하는 부모님이 있다는 건 참 멋져요.

—2014년 10월 9일, 라디오방송 〈KISS FM UK〉

중고등학교 때 여자 친구가 없었기 때문에 지금 여자 친구들이 이렇게 중요한 거라고, 진심으로 그렇게 생각해요. 언제나 여자 친구들이 있기를 바랐거든요. 예전에 저는 친구를 사귀기가 그냥 너무 어려웠어요.

—2015년 10월 15일,《GQ》

항상 저를 따라다니면서 제가 듣고 싶은 말만 해주는 사람들한테는 관심이 없어요. 그런 건 신나지도 않고 재미도 없어요. 제 친구들은 자기가 하는 일에 열정이 넘쳐요. 모두 자기 삶이 있고, 자기 일이 있고, 제가 음악에 미쳐 있듯이 각자 미쳐 있는 일이 있어요.

—2014년 10월 9일, BBC 〈라디오 1〉

방에 들어가면서 "다음 주 쇼에서 입을 의상 어떻게 생각해?"라고 물으면 에드 시런은 "블랙잭 딜러 같아"라고 답하죠. 의상이 형편없다고 말해주는 사람이면 노래가 별로라도 그렇게 말해줄 거잖아요. 그게 바로 제가 함께 주거니 받거니 아이디어를 나누고 싶은 사람들이에요.

—2013년 6월 16일, 머치뮤직 비디오 어워드MuchMusic Video Awards 백스테이지

친구이자 동료 뮤지션인 에드 시런과 스위프트, 뉴욕 메디슨 스퀘어 가든에서 (2013)

우리 그룹에는 같은 사람하고 데이트한 친구들도 있어요. 우리한테는 우정이 우선순위에서 완전 최상단에 있단 말이에요……. 우리는 우리끼리가 필요하고 또 서로가 서로를 필요로 하는 친구들이거든요. 더구나 여자들이 언론에서 올바르게 그려지거나 제대로 이해받기 어려운 이런 분위기에서 말이죠……. 어느 때보다도 우리는 서로를 선하고 친절하게 대해야 해요. 흠잡고 비판하지 말아야 해요. 아무리 남자 취향이 같다고 해도, 우리가 그걸로 서로 비난하지는 않아요.

—2015년 8월 11일,《배니티 페어》

저에게는 훌륭한 앨범을 제작하는 게 언제나 가장 중요한 일이에요……. 하지만 충격적으로 좋다 싶은 시나리오를 받는다면, 그게 다음으로 중요한 일이 되겠죠. 그러면 정말 제대로 뛰어들고 싶어요. 왜냐하면 연기는 언제나 저에게 매력적인 일이었고, 할 때마다 참 좋았거든요. 다른 사람이 된다는 건 굉장한 일이에요. 카타르시스가 큰 경험이죠.

—2012년 7월 26일, 〈무슈 할리우드Monsieur Hollywood〉 비디오

공연을 앞둔 밤에는 밴드와 댄서와 가수들과 저, 이렇게 다 같이 모여서 얼굴을 맞대고 스크럼을 짜요. 다 같이 뭉치는 우리 방식인데, 그러고는 누가 연설을 하게 하죠.

같이 공연하는 사람들 모두의 말을 듣는다는 건 정말로 근사한 일이에요. 각자 살아가는 이야기를 듣는데, 가끔은 웃기는 이야기도 나오고, 최근 동기부여가 된 게 뭔지 얘기하기도 하고, 그러다 보면 지금 내가 같이 공연하는 이 사람들이 평생 바로 이 순간을 꿈꾸며 살아왔다는 실감이 덮치거든요. 제가 열두 살 때 곡을 쓰기 시작한 것과 마찬가지로, 여기 댄서들도 네 살 때쯤 어느 날 아침에 일어나서 일평생 춤만 추고 살고 싶다는 결심을 했던 거예요. 그리고 지금 바로 그 일을 하고 있는 거고요.

—2015년 12월 20일, 『1989』 월드 투어 라이브

제 주위에는 사람이 너무 많아요. 어마어마하게 많은 사람이 있죠. 투어를 가면 밤마다 처음 만나는 사람들과 인사하는 자리가 있는데 그게 150명이에요. 그 전에는, 라디오 방송국에서 또 처음 만난 사람들과 인사해야 하는데 그게 40명이죠. 공연이 끝나면 30, 40명과 더 만나야 해요. 그러고 집에 와서 TV를 켜고 드라마 〈프렌즈〉 마라톤을 달리면 모니카와 챈들러와 로스와 레이첼과 피비를 볼 수 있으니까, 외로운 마음은 들지 않아요.

방금도 두 시간 동안 무대에 올라서 6만 명의 사람들에게 제 감정이 어떤지 말했거든요. 그건 엄청난 사회적 자극이에요. 집에 오면, 다른 사람과 어울리고 싶다는 바람은 제 몸 어느 한구석에도 남아 있지 않아요.

—2015년 10월 15일,《GQ》

커리어의 감각이나 그런 면에서는 늘 제가 마흔 살쯤 된 느낌이었어요. 빨리 어른이 되어야 했거든요. 하지만 반대로 제 관심사나 취미 같은 쪽으로는 성장이 멈춰버린 것 같아요. 머릿속에서 이상적인 독립기념일 축하 행사를 상상하면 잔디밭에 초대형 풍선 미끄럼틀을 놓는 거만 떠오르거든요.

—2014년 12월,《럭키》표지 촬영 비하인드 스토리

무대에 서는 것 못지않게 아늑하고 포근한 것들에도 설레고 흥분돼요……. 이맘때가 되면 가을이 너무 좋아서 주체가 안 되거든요. 그럼 다음엔 또 뭐죠? 겨울이잖아요. 그러니까 제가 사랑하는 계절 둘이 연달아 오는 거예요. 맨날 베이킹을 할 수 있고, 사람들한테 빵을 나눠줄 수도 있죠. 새 레시피도 시도해볼 수 있어요. 스웨터도 입을 수 있고요. 니삭스를 신을 수도 있어요. 심지어 고양이들한테 스웨터를 사줄 수도 있다니까요.

—2014년 10월 27일,
앨범 발매 기념 인터뷰 〈테일러 스위프트 1989Taylor Swift 1989〉 비디오

베이킹을 하면 마음이 안정돼요. 온갖 재료를 계량하고 레시피대로 해야 한다는 생각뿐이니까 스트레스 받는 일들은 생각하지 않게 되거든요.

—2014년 10월 9일, 〈KISS FM UK〉

제 머릿속에는 오로지 은유와 고양이들 생각뿐이에요.

—2014년 8월 18일, 〈야후! 라이브 스트림Yahoo! live stream〉

제 고양이들 이름은 제일 좋아하는 TV 프로그램 여자 주인공들을 따서 지었어요. 첫 고양이는 메러디스 그레이—〈그레이 아나토미〉의 주인공—예요. 두 번째 고양이는 올리비아 벤슨 형사—〈성범죄수사대 SVU〉의 주인공—의 이름을 따서 올리비아라고 했고요. 하지만 여기서 한 가지는 확실하게 말씀드릴게요. 세 번째 고양이를 입양할 생각은 없어요. 고양이 두 마리는 신나는 파티지만 세 마리는 모셔야 한다더라고요. 하지만 혹시라도, 만에 하나 한 마리 더 키우게 된다면, 그래도 이름은 지어줘야 되잖아요. 그럼 모니카 겔러—〈프렌즈〉의 주인공—라고 할지도 몰라요.

—2014년 12월, 《럭키》표지 촬영 비하인드 스토리

메러디스는 제가 처음 키우게 된 고양이예요. 인스타그램에 사진도 올리고 그러죠. 새끼 때는 정말 예뻤어요. 그래서 연말에 셀러브리티 반려동물 중에 최고로 뽑히게 됐죠. 어느 정도는 자기도 알았나 봐요. 그다음부터 좀 달라졌거든요. 덜 까불거리고, 생각에 잠긴 척 폼을 잡으면서 저를 하찮게 쳐다보지 뭐예요.

—2014년 11월 26일, WABC-TV 토크쇼
〈라이브 위드 켈리 앤 마이클Live with Kelly and Michael〉

54

결국 새로 고양이를 데려오게 됐어요. 이름은 올리비아예요. 정식 이름은 올리비아 벤슨 형사죠, 당연히. 조그만 아기 고양이한테 열혈 여형사의 이름보다 좋은 게 어디 있겠어요? 범죄와 막 싸우고, 뉴욕 거리의 쓰레기를 다 치우는, 그런 사람의 이름을 꼭 붙여주고 싶었어요. 바로 그게 이 고양이가 앞으로 하게 될 일이니까요.

—2014년 10월 27일, 《인스타일InStyle》 커버 촬영 비하인드 스토리

이 아기 고양이—벤자민 버튼—는 「ME!」 뮤직비디오를 찍으려고 데려왔었어요……. 집 없는 고양이들 집을 찾아주려고 광고나 이런 영상에 등장시키는 프로그램을 했었거든요. 그런데 아니, 정말 효과가 있었어요. 제가 사랑에 빠졌거든요. 녀석을 돌보던 여자가…… 이 작디작은 고양이를 저한테 안겨줬는데, 저를 보자마자 갸릉대기 시작했어요. 그러면서 눈빛으로 "네가 바로 내 엄마구나. 이제 우리 같이 살게 되겠다" 하고 말하는 거 있죠.

—2019년 4월 26일, 인스타그램 라이브

고양이들은 아주 품위가 있어요. 독립적이죠. 자기 삶의 문제는 알아서 척척 해결할 수 있고, 그날 저하고 잘 맞아떨어지면 시간을 내줄 수도 있죠. 아닐 수도 있지만요. 저는 그 점을 정말로 존중해요.

—2019년 4월 24일,《타임》비디오

미국에서는 어디에나 고양이들을 데리고 갈 수 있어요. 하지만 미국 밖으로 데리고 나가면 불법이에요. 미국에, 이 나라에 제가 있으면 늘 고양이들도 있죠.

—2014년 5월 10일, 아이하트라디오 뮤직 페스티벌iHeartRadio Music Festival
백스테이지

저는 좀 이상한 면에서 정리 정돈을 잘하거든요. 그래서 옛날 사진들을 보고 제 헤어스타일이 어땠는지, 무슨 옷을 입었는지 보고 "아, 저건 두 번째 앨범 때다!" 하고 알 수 있게 해놓는 게 좋아요.

—2014년 8월 18일, 〈야후! 라이브 스트림〉

스타일이 별안간 눈앞에 떠오를 때가 있어요. 열다섯 살 때 제가 의상을 차려입는 걸 좋아한다는 사실을 알았죠. 선드 레스에 카우보이 부츠 같은 거요. 그리고 2년 동안은 줄곧 그것만 입었어요. 그러다 보헤미안풍을 좋아하기 시작했어 요. 요정 같은 스타일이요……. 그래서 2년 동안은 요정 같 은 옷들을 입었죠. 그런데 요즘은 1950~60년대 사진들이 눈에 들어오더라고요. 빨간 입술에 진주 귀걸이, 그런 아주 클래식한 스타일이요. 그래서 요즘은 조금 더 빈티지하게 입고 있어요. 그러니까 언제나 방향은 있는 거예요.

—2013년 5월 15일, 케즈 파트너십 비디오

저한테 이런 순간은 영영 오지 않을 것 같아요. "나 이제 어 른 여자가 됐어요, 여러분. 그러니까 항상 어두운 노래들만 쓰고 브라 차림으로 춤을 출 거예요" 하는 그런 순간이요. 뭐랄까, 그러는 건 정말 저답지 않거든요. 그냥 서서히 상황 이 달라져서 다들 자연스럽게 어른이 되듯 그렇게 성장하 기를 바라고 있어요.

—2012년 2월 14일, 〈투데이〉

처음 빨간 립스틱을 발랐던 게 언제인지 정확히 기억나지는 않아요. 하지만 지난 2~3년 동안은 그게 마음이 편하더라고요. 의상이나 스타일을 확 살아나게 하기 쉬운 방법이라고 생각해서요. 가끔 얼굴에 다른 건 하나도 안 바르고 빨간 립스틱만 할 때가 있는데, 그래도 어쨌든 화장한 것처럼 보이던걸요.

—2013년 10월 23일,《인스타일》 커버 촬영 비하인드 스토리

배꼽을 드러내는 건 싫어해요. 배꼽을 보여주기 시작하면 다음에는 복부 전체를 드러내는 미드리프 스타일*을 고수하게 될 테니까요. 그래서 미드리프 스타일은 부분적으로만 해요. 갈비뼈 아래쪽만 보이게요. 저한테 배꼽이 있는지 없는지도 사람들이 모르면 좋겠어요. 그건 수수께끼로 남겨두고 싶어요.

—2014년 12월,《럭키》

* 미드리프midriff는 '횡격막'이라는 뜻으로, 크롭 상의나 골반에 걸치는 로우라이즈 하의 등 명치 아래 몸통을 드러내는 패션을 미드리프 스타일이라고 한다.

12월의 열세 번째 날에 제가 태어났어요. 그 후로 줄곧, 생일이 다가오면 좋은 일이 찾아오곤 했어요. 예를 들어서, 좋은 일들이 일어나기 전에는 어딜 가나 13이라는 숫자가 보이거든요. 시상식장 같은 데 가도 13이 많이 보이면 제가 상을 타곤 했어요. 정말 좋은 징조예요.

—2012년 9월 17일, 〈악세소 MTV^Acesso MTV〉

지난번 투어에서는 제 팔뚝에 가사를 썼는데, 정말 재밌는 일이었어요. 왜냐하면요, 그때까지 들어본 적도 없는 노래 가사일 때도 있었거든요. 드레스 룸에서 공연 들어가기 전에 누가 불쑥 "아, 여기 이 노래의 이 가사 한 줄이 너무 맘에 들어요"라고 말하는 거죠. 그럼 저는 그 자리에서 팔에 그 가사를 적었어요.

—2012년 10월 22일, 〈테이스트 오브 컨트리^Taste of Country〉 비디오

링에 올라가 권투를 해야 한다거나 해서 세 주제곡을 꼭 정해야 된다면 말이죠, 그 곡은 켄드릭 라마의 「Backseat Freestyle^{백시트 프리스타일}」이 될 거예요. 좀 특이한 선택이라고 생각하는 분들도 계실 테지만, 저를 정말로 잘 안다면 그렇지 않다는 걸 알 거예요. 그 노래 가사를 제가 한마디도 빠짐없이 외우고 있고 켄드릭 라마와 절친이 되고 싶어 한다는 사실도 알 거예요.

—2014년 12월 17일, 《할리우드 리포터^{Hollywood Reporter}》 비디오

우리는 인생이 어떻게 흘러가면 좋을지 모범으로 삼을 사례를 찾아야 한다고 배우잖아요. 하지만 커리어의 궤적이 저와 같은 사람은 아무리 찾아도 없어요. 그래서 마음가짐이 낙관적일 때는 제 삶이 앞으로도 그 누구의 인생 궤적과도 닮지 않았으면 좋겠다는 희망을 품죠.

—2014년 11월 13일, 《타임》

우리는 남의 눈치를 보고 비위를 맞추는 사람들이에요. 그래서 엔터테이너가 된 거고요. 제가 마흔 살이 되고, 반짝이는 드레스를 입고 무대에 서서 십대들을 향해 노래 부르는 모습을 사람들이 더는 보고 싶지 않다고 한다면, 그럼 그냥 그만둘 거예요. 내가 아닌 다른 누군가가 되려고 애쓰지 않는 게 그냥 제 목표예요.

—2015년 11월 14일, 《보그》 오스트레일리아

저는 생각이 너무 앞서 나가곤 해요. 이러는 거예요. "서른 살이 되면 뭘 하지?" 하지만 그건 알아낼 길이 없잖아요! 그러니까 도저히 답이 없는 공식을 풀겠다고 끝도 없이 속을 끓이고 있는 거죠. 저 자신을 과도하게 분석하다 못해 결국 커다란 걱정 꾸러미가 되어버리죠.

—2012년 1월 16일, 《보그》

제 삶은 이와 비슷하게 흘러가곤 해요. 앨범을 녹음하고, 앨범을 내놓고, 투어를 도는 거예요……. 『1989』 월드 투어가 끝날 때까지 이걸 하고 또 하고 또 했어요. 그래서 잠깐이라도 멈추고 이렇게 뭔가 계속 만들어 내놓는 사이클을 끊어낸다면 한 사람으로서 나는 대체 누굴까 생각할 필요가 있겠다는 느낌이 들었어요. 잠깐 멈추고 반추한다면 어떨까 하고요. 삶을 비추는 스포트라이트가 없다면 나는 어떤 삶을 살게 될까?

그러자니 좀 겁이 나더라고요. "어떡해. 여러분이 이제 나와 놀아주지 않겠다고 하면 어쩌지? 나를 잊고, 계속 잘 살아가다가, 반짝이는 드레스를 입은 다른 사람을 만나러 갈지도 모르잖아." 그래서 잠시 휴식기를 갖겠다고 했을 때 여러분이 이렇게 지지하고 응원해주셔서 얼마나 감사하고 놀랍고 기뻤는지 몰라요. 여러분은 공감 능력이 정말 뛰어나세요. "어서 가요, 행복하세요! 우리가 바라는 건 당신이 그냥 행복하게 사는 거예요!" 이렇게 말해주셨잖아요.

—2018년 7월 26일, 『Reputation』 스타디움 투어, 매사추세츠주 폭스버러

러브 스토리

로맨스, 실연, 평판

저는 사랑 그 자체에 매혹을 느껴요. "아, 이 남자가 나를 좋아하나?" 같은 기준보다는 사랑 자체를 사랑해요. 사랑을 연구하고 지켜보는 걸 사랑해요. 우리가 서로를 대하는 방식들에 대해 생각하는 걸 사랑하고, 한 사람은 이런 감정을 느끼는데 다른 사람은 완전히 다른 감정을 느끼는, 그 정신 나간 기제를 사랑하죠.

—2009년 3월 5일, 《롤링 스톤》

짝사랑했던 남자를 생각하면서 「Teardrops On My Guitar내 기타 위 눈물방울」를 썼는데, 그 애는 그걸 몰랐어요. 당연히 이 제는 알게 됐지만요. 저한테는 남자들에 대한 노래를 쓰고 이름을 붙이는 버릇이 있어요. 아무래도 고쳐지지 않는 것 같아요.

—2009년 5월 8일, 〈폴 오그레이디 쇼〉

인쇄한 가사에 대문자들을 암호화해서 어떤 문구를 만드는 걸 좋아하거든요. 「Should've Said No싫다고 말했어야지」에 남자 이름을 반복해서 암호로 넣었어요. 성은 빼고 이름만 넣었 지만 모두 누군지 알아차렸죠. 그 남자한테서 문자도 여러 번 받았어요. 제가 토크쇼에 나가서 자기를 지목할까 봐 겁 이 나서 제정신이 아니었거든요. 그때는 저도 한 가지 생각 뿐이었어요. '그러니까 싫다고 했었어야지. 그게 이 노래가 하는 말이잖아' 그랬어요.

—2008년 11월 3일, 《위민스 헬스Women's Health》

사람들에게 음악이 가장 필요한 순간은 사랑에 빠지거나 사랑에서 빠져나올 때죠.

—2012년 9월 9일, 캐나다 컨트리 뮤직 협회상 수상식 백스테이지

「White Horse^{백마}」는 첫 실망에 대한 노래예요. 그 사람은 제가 생각했던 사람이 아니고 저에게 미래가 아니라 과거로 남으리라는 걸 처음 깨닫게 되는 그 순간 있잖아요.

—2008년 11월 13일, 팬들과의 라이브 챗

저는 구제 불능 낭만주의자로 분류될 거라 생각하는데, 여러분도 그럴 것 같아요. 여기 계시잖아요. 우리가 맞닥뜨리는 난제, 그러니까 답이 없는 낭만주의자들의 난제는 뭐냐하면, 누군가와 사랑에 빠지고 안녕, 하고 첫인사를 할 때는 마술에 걸린 것 같아서 언젠가 그 첫인사가 작별 인사가 되리라는 상상조차 하지 못한다는 거예요. 누군가와의 첫 키스가 마법처럼 근사할 때도 마지막 키스로 변할 날이 올 거라는 상상조차 할 수 없고요.

—2011년 11월 21일, 『Speak Now』 월드 투어 라이브

사랑이 무엇을 던져주든 믿어야만 해요. 러브 스토리와 동화 속 왕자님과의 영원한 해피 엔딩을 믿어야 해요. 그래서 제가 이런 노래들을 쓰는 거예요. 사랑은 무서울 게 없다고 믿기 때문에요.

—2008년 11월 11일, 『Fearless』 앨범 해설집

저에게 꼭 맞는 인연을 찾는다면 멋지고 근사한 사람일 거예요. 그 사람을 보면 열여덟 살 때 25초의 전화 통화로 저를 찼던 남자아이는 기억도 나지 않을 거예요.

—2008년 11월 11일, 〈엘런 디제너러스 쇼〉

좋은 남자들과 좋지 않은 남자들을 겪어본 제 경험으로는, '좋은 남자'라는 라벨을 달려고 애쓰는 남자들이 좋지 않은 남자들이었어요.

—2013년 10월 11일, 라디오방송 〈바비 본즈 쇼The Bobby Bones Show〉

이러다 노래할 가치가 있는 사랑이 아니면 할 가치도 없다는 지점까지 가게 될 것 같네요.

—2013년 8월 1일, 《롤링 스톤》

제 노래들에 나쁘게 나오는 게 싫다면 나쁜 짓을 안 하면 되잖아요.

—2009년 5월 31일, NBC 〈데이트라인〉

어떤 남자와 헤어질까 말까 고민될 때는 늘 저 스스로 '더 만나고 싶어? 아니면 그렇지 않아?' 하고 단순한 질문을 던져봐요. 집에 간다고 헤어지고 나면 그가 발길을 돌려 우리 집에 다시 오길 바라나? 보통 '잘 모르겠어'라는 답은 거의 모든 시나리오에서 '아니'와 마찬가지죠.

—2012년 11월 19일, 《엘르》 캐나다

사랑의 경험을 통해서 어려운 교훈을 많이 배웠어요. 특히 미친 사랑에 빠진 경험들에서요. 빨강색 연애들이죠. 제로에서 시작해서 시속 100마일로 치달리다 벽에 충돌해 폭발했던 연애들. 그러면 끔찍하죠. 황당하고 터무니없죠. 절박하고요. 스릴 만점이고요. 흙먼지가 다 가라앉고 나서 보면, 다시 하래도 결코 하지 않을 사랑이었던 거예요.

—2012년 10월 22일, 『Red』 앨범 해설집

지금 이 순간 사랑에 대한 제 감정은 희망과 두려움 사이 어딘가에 살아요……. 예전과는 전혀 다르게 흘러갈지 모른다는 희망도 있지만, 과거에 늘 그랬듯 똑같이 끝날지 모른다는 두려움도 있어요.

—2010년 9월 23일, 〈올 포 더 홀All for the Hall〉 자선 콘서트

처음 한두 장의 음반을 발매할 때까지는 연애를 해본 적이 없었어요. 전부 다 제 머릿속에서 상상한 투사였던 거죠. 연애란 저에게 일어날 수 있는 모든 사건 중에서도 가장 마술처럼 근사한 일이라고 말해주는 영화와 책, 음악과 문학을 토대로 지은 노래들이었어요. 그런데 막상 사랑에 빠져보니까, 아니 사랑에 빠졌다고 생각했더니, 곧 실망이 따르고 몇 번인가 그냥 잘 되지 않았어요. 그래서 영원한 해피 엔딩은 현실에 존재하지 않는다는 사실을 깨달았죠. 말을 타고 석양으로 달려갈 수 없는 거예요. 현실의 삶에서는 카메라가 계속 돌아가니까요.

—2015년 5월 7일, 《엘르》

제 삶에는 스스로 부과한 규칙이 아주 많은데요. 사랑에는 규칙을 적용하지 않는 쪽을 선택했어요.

—2012년 10월 6일, 영국 토크쇼 〈조너선 로스 쇼Jonathan Ross Show〉

저는 똑똑한 사람이라고 생각해요. 정말로, 정말로 사랑에 빠지면 얘기가 다르지만요. 그럴 때 저는 터무니없이 멍청해지거든요.

—2012년 1월 16일, 《보그》

「Mine내 것」은, 뭐랄까, 사랑에서 자꾸 도망치려는 제 성향을 다룬 노래예요. 비교적 최근에 생긴 경향인데, 이제까지 제 앞에 나타났던 사랑의 직접적인 사례들은 작별로, 이별로, 그렇게 끝났어요……. 이 노래는 그 법칙의 예외를 찾으려고 해요. 사랑이 잘 될 거라 믿게 해줄 누군가를 찾는 얘기죠.

—2010년 7월 20일, 팬들과의 라이브 챗

사실 저는 결혼식 날을 꿈꾸는 여자는 아니에요. 그건 너무 이상적이고 영원한 해피 엔딩 같은 순간처럼 느껴져요. 이상하게 제가 결혼식 얘기를 하면 「Marry me, Juliet결혼해줘, 줄리엣」이나 이번 『Speak Now』 앨범에서도 그렇듯 늘 식장을 쑥대밭으로 만들게 돼요.

—2010년 10월 15일, 《빌보드Billboard》

세월이 흐르고 경험이 쌓이면서 몇 번 실망을 겪고 나면, 좀 더 현실적인 관점으로 바라보기 시작하죠. 누군가를 만나면 이제 됐다, 그도 나를 좋아하고 나도 그를 좋아하니까 당연히 영원히 지속될 거야, 이렇게 되지는 않는 거예요. 이제 저는 사랑을 그런 식으로 보지 않아요. 사랑을 보는 관점이 좀 더 숙명론적으로 기울었달까요. 제 말은, 누군가를 만나고 서로 마음이 통할 때 솔직히 처음 드는 생각은 '우리가 끝나더라도, 당신이 나를 좋게 생각해주면 좋겠다'라는 거예요.

—2018년 12월 13일, 『1989』「Wildest Dreams^{황당무계한 꿈들}」 코멘터리

(빅 머신 라디오 스페셜 릴리스)

어떤 감정을 느꼈다면, 다 가치가 있고 이유가 있어서 그런 거예요. 그래서 제 경우엔, 노래의 주인공과 더는 사귀지 않더라도 행복한 노래를 연주할 때는 여전히 행복한 감정을 느껴요. 뭐랄까, 그 감정이 한때 존재했다는 사실 자체를 축하한달까요?

—2012년 11월 11일, 〈VH1 스토리텔러스〉

실망은 노래 몇 곡의 가치가 있어요. 실연은 앨범 몇 장의 가치가 있고요.

—2010년 3월 4일, 《엘르》

허무하기 짝이 없는 연애를 할 수도 있잖아요. 그래도 그 덕에 훌륭한 노래를 한 곡 쓰게 된다면 그럴 가치가 있었던 거죠.

—2009년 4월 15일, 〈디지털 로데오Digital Rodeo〉 비디오

이별하고 정말로 마음이 아플 때는 '그래! 판돈을 빼서 다른 데 걸어야겠다!' 같은 생각은 도저히 할 수가 없잖아요. 오히려 '5년 동안 침대에 누워서 아이스크림이나 먹고 싶어' 이렇게 되죠. 모르겠어요. 이별하고 나서 '써먹을 수 있는 새로운 소재가 생겼네!' 하면서 자축한 적은 한 번도 없어요. 하지만 지나고 나서 보면 결국 그렇게 되어버려요.

—2011년 7월 22일,
〈엘비스 듀란 앤 더 모닝 쇼Elvis Duran and the Morning Show〉

『Red』 앨범 수록곡들 대부분에 등장하는 남자한테 연락을 받았어요. 이렇게 말하더라고요. "방금 앨범 들었는데, 나한테는 정말 달콤쌉쌀한 경험이었어. 사진첩을 넘겨보는 기분이더라." 좋았어요. 다른 어떤 남자한테서 온, 다짜고짜 욕을 퍼붓는 미친 메일보다는 훨씬 좋았죠. 끔찍하게 끝났더라도 그 전까지는 멋지고 근사했던 사랑을 훨씬 성숙하게 돌아보는 시선이잖아요. 둘 다 그 연애로 상처를 받았어요. 다만 둘 중 한 사람이 하필 싱어송라이터였던 거예요.

— 2013년 11월 25일, 《뉴욕New York》

우리가 잊으려고 노력할 때, 자꾸만 돌아가게 되는 순간들은 진부한 일상이 아니에요. 실제로 존재하지도 않는 불꽃을 보았던 순간이고, 아무 증거도 없이 운명의 별들이 교차하는 느낌을 받았던 순간이고, 일어나지도 않은 미래를 본 순간이고, 별안간 예고도 없이 저에게서 멀어져간 순간이죠.

— 2012년 10월 22일, 『Red』 앨범 해설집

실연을 당하거나 살면서 중요한 사람을 잃는 이별을 극복하려 애쓰는 건, 중독에서 벗어나려 발버둥치는 것과 참 비슷해요. 끊으려는 건 그냥 습관 하나가 아니거든요. 하루를 살면 매분 매초 습관을 끊어내야 해요. 정말로 진이 빠지는 일이죠.

—2015년 10월 9일, 그래미 리스닝 세션

돌아보면 제 여자 친구들과 저를 괴롭히는 생각이 하나 있어요. 남자애들 때문에 우리가 달라졌다는 생각이에요. 과거를 돌이켜보면 이런 생각들이 들거든요. 그 연애를 하는 동안 내가 검은 옷만 입었어. 내 말투가 달라졌어. 내가 힙스터처럼 굴려고 애쓰기 시작했어. 아니면 그 남자가 원하는 대로 가족과 친구들과 연을 끊었어. 안타까운 문제죠.

—2012년 10월 18일, 《가디언》

헤어질 때 최악인 부분은—최악인 부분을 고를 수 있다면 말이지만요—아마도 연애를 끝내고 나서 보니 그 남자가 나를 좋아하게 만들려고 애쓴 나머지 그간 너무 많이 변해서 내가 나 자신을 알아볼 수 없을 때가 아닐까요. 전 절대로 그러지 않아요—아니 항상 그러죠……. 「Begin Again^{다시 시작해}」을 작곡할 때 했던 생각은, 옛날의 나를 다시 기억해낼 수 있다는 거였어요. 다 괜찮다는 느낌을 주는 사람, 나의 모든 면이 멋지다고 느끼게 해주는 사람, 그런 새로운 사람을 만나면 다시 기억이 날 테니까요.

—2012년 11월 11일, 〈VH1 스토리텔러스〉

「We Are Never Ever Getting Back Together」는 뭐랄까, 이별이라는 말이 파티처럼 들려요. 이별을 말하는 데는 수많은 방식이 있고, "그래! 축하하자! 우리 끝났어!"도 그중 하나죠.

—2012년 10월 23일, 〈엑스트라〉

그런 사람은 언제나 있잖아요. 그 한 사람만큼은 제 결혼식에 난입해 "결혼하지 마. 우리 아직 끝난 거 아니잖아"라고 말할 것 같은 거예요. 삶에 불쑥 나타났다 표표히 사라져서 아직 이야기를 진짜로 끝맺지 못한 그 한 사람은 누구에게나 있다고 생각해요.

—2014년 12월 29일, 〈더 모닝 쇼The Morning Show〉

『1989』 이전의 앨범들은 언제나 "내가 옳고, 네가 잘못했어. 네가 이런 짓을 했어. 그래서 나는 이런 감정을 느꼈어"라는 투였어요. 연애에서 옳고 그름을 따지고, 제가 옳다는 정의감을 느꼈달까요. 그런데 나이가 들면서 어떻게 됐냐면, 연애의 규칙은 아주, 아주 미묘하고 아주 빨리 복잡해져서 항상 누가 옳고 그른지 따질 문제는 아니라는 걸 깨닫게 되더라고요.

—2014년 10월 31일,
〈온 에어 위드 라이언 시크레스트On Air with Ryan Seacrest〉

지난 2~3년 동안은 제가 '연쇄연애범serial dater'이라는 이야기가 대세였어요. 그러니까 저는 이 숱한 남자친구들을 거느리고 세계를 돌아다니며 여행하고, 다 행복하고 좋다가 결국 제가 감정을 주체 못 하고 제정신도 아닌 데다 강박적인 여자라서 남자들이 떠난다는 거죠. 그러면 저는 슬픔에 폐인이 됐다가 노래를 작곡해서 감정적인 복수를 하는데 그건 제가 사이코라서 그런 거죠. 그런데 그 캐릭터를 곰곰 생각해보면 말이에요, 그러니까 제가 실제로 그런 사람이라면요, 「Blank Space」의 시점에서 볼 때 너무나도 복잡하고 흥미진진해서 글로 쓰기 좋은 캐릭터란 말이에요…… 제가 선수를 쳐서 농담을 더 잘해버리면 다른 사람이 저를 욕하는 게 재미없어지는 이치죠.

—2014년 12월 29일, 〈더 모닝 쇼〉

사람들은 저에 대해 그런 말들을 해요. 좋아하는 남자가 생길 때마다 그의 집 근처에 집을 산다고 말이에요. 누가 봐도 제가 그런 짓을 할 사람인가 봐요. 누가 좋아지면 순전히 그 사람 겁주려고 부동산 시장을 통째로 사들여서 도망가게 만들 사람인가 봐요. 그게 말이나 되는 얘긴가요. 그래야 한다는 얘기도 아니고 말이에요.

—2013년 3월 15일, 《배니티 페어》

프라이버시에 강박이 있는 사람과는 못 만나요. 유명인 둘이 데이트를 하고 있으면 당연히 사람들이 관심을 갖겠죠. 하지만 아무도 그렇게까지 신경 쓰지는 않는단 말이에요. 식당에서 나오려고 땅굴을 파야 할 정도로 프라이버시를 걱정한다? 그러면 전 못 만나요.

—2012년 1월 16일, 《보그》

기자들은 결국 늘 다른 모든 타블로이드 언론이 저에 대한 기사에서 썼던 그 똑같은 허구의 결말에 의존하더라고요. 제가 "너무 질척거린다"든가 "너무 감정적이어서 남자가 무서워 도망갔다"든가 하는 얘기요. 솔직히 한 번도 그런 이유로 헤어진 적은 없거든요. 진짜 이유가 뭐였는지 아세요? 언론이에요. 누군가를 알아가려 애쓴다든가 하는 그런 위태롭고 부서지기 쉬운 감정을 들고, 방금 만난 사람과 검투장 한가운데로 걸어 나가는 기분이란 말이에요.

—2015년 4월 24일, 《글래머》 UK

「I Know Places내가 아는 곳들이 있어」는 남들이 기회만 생기면 관계를 망치려드니까 처음 시작하는 연애는 최대한 비밀로 하자는 노래예요. 아주 깨지기 쉬우니까요. 제 연애가 끝까지 잘되려면 얼마나 비밀을 잘 지켜야 하는지, 그 얘기를 이 노래에서 썼던 것 같아요.

—2018년 12월 13일, 『1989』「I Know Places」코멘터리

(빅 머신 라디오 릴리스 스페셜)

연쇄연애범 얘기는 정말 너무 싫었어요. 지독하게 성차별주의적으로 제 삶을 바라보는 관점이니까요. 그래서 그냥 데이트를 그만뒀어요. 사실을 바로잡는 게 저에게는 몹시 중요한 일이었거든요. 영감을 얻기 위해서, 훌륭한 앨범을 만들기 위해서, 내 삶을 살기 위해서, 나 자신이 괜찮다고 느끼기 위해서, 주변에 꼭 남자가 있어야 하는 건 아니에요.

—2014년 10월 20일,《에스콰이어》

제가 "아주 잘 지내" 하고 말해도, 다들 "걱정 마. 좋은 사람을 찾게 될 거야"라는 말부터 하는 거예요. 참 이상하죠.

—2014년 10월 27일, 《더 선》

남자친구가 반드시 필요한 여자라서 남자가 없어지면 또 다른 사람을 찾아 대체해야 한다면, 남자들이 늘 끝도 없이 강물처럼 흘러가게 되잖아요. 그런 여자는 결코 되고 싶지 않아요. 사랑에 빠질 때는 그게 정말 귀하고 대단한 사건이리고 여기는 여자가 되고 싶어요.

—2011년 10월 19일, 〈엘런 디제너러스 쇼〉

적극적으로 찾고 있지는 않아요. 찾아다니면 아무것도 찾을 수 없거든요. 하지만 남자에게서 중요하게 보는 자질이라면……. 저의 다차원적인 실체를 보는 사람이어야 해요. 스물세 살이고 키는 178센티미터에 친한 사람들 사이에서 '테이'로 통하고 중학교 때 심리가 정말 불안했던 사람. 지금의 이 모습 전에 제가 어떤 사람이었는지 그 이야기를 알고 싶어 하는 남자, 제 위키피디아 페이지에 없는 것들과 시상식장에서 일어났던 사건 외의 일들을 궁금해하는 남자, 그냥 저라는 여자를 알고 싶어 하는 남자 말이에요.

—2013년 3월 15일,《배니티 페어》

사람으로서 저를 알아가고 싶어 하는 게 아니라, 지금의 '나'라는 관념이 마음에 들고 제 위키피디아 페이지를 높이 평가한다면 어떨까요? 게다가 저와 함께 지낸 시간이 없는데 그걸 근거로 사랑에 빠진다면요? 아마 상당히 조심해야 할 걸요. 삽시간에 빛이 바랠 마음이니까요. 구글 검색 결과를 사랑할 수는 없잖아요.

—2012년 1월 16일,《보그》

소년들은 끝없는 고통에 시달리며 아무리 쫓아도 잡을 수 없는 사랑만을 원하죠. 남자들은 현실적이고 올바르고 건강하고 꾸준한 사랑을 원해요.

—2014년 10월 27일, 《더 선》

누군가를 알아가는 과정에서는 제가 존경할 수 있는 열정을 지닌 사람인지 보려 해요. 이를테면 커리어에 대한 열정이라든지요. 자기 일을 사랑하는 사람은 정말 매력적이에요. 고등학교 때는 근사한 차를 가진 남자를 보면 '어머, 진짜 쿨하다!'라고 생각했었죠. 이제 그런 건 하나도 중요하지 않아요. 요즘은 성격과 정직함, 신의를 찾아요.

—2010년 10월 5일, 《글래머》

완벽한 사랑은 영원히 없을 거라 생각해요. 오히려 실제로 오래 연애하면서 관계를 유지하려고 애쓰는 게 무척 현실적이라고 생각해요. 예쁘고 반짝거리고 동화 같은 일만 있는 건 아니잖아요. 또 사실, 백마 탄 왕자님은 자취도 찾을 수 없겠죠. 그래도 힘든 하루를 보낸 후 그 사람이 제 얘기를 들어줄 거라고 생각해요. 그 사람은 제 편을 들어줄 테고, 같은 팀의 동료처럼 느껴지겠죠.

—2011년 7월 22일, 〈엘비스 듀란 앤 더 모닝 쇼〉

진짜 사랑은 머릿속을 복잡하게 하지 않아요. 진짜 사랑은 그냥 있어요. 진짜 사랑은 그냥 버텨요. 진짜 사랑은 지속되죠. 진짜 사랑은 페이지 한 장 한 장을 넘기는 거예요.

—2016년 4월 14일, 《보그》

할 가치가 있는 사랑이라면, 싸워서 지켜야 할 만큼 좋으면, 그러면 그게 올바른 사랑임을 알죠.

—2018년 12월 13일, 『Fearless』「Love Story」코멘터리

(빅 머신 라디오 릴리스 스페셜)

2년 전 신년 파티에서는 새벽 3시에 정말 거짓말처럼 말도 안 되게 좋은 기분에 휩싸여서 세상에 무서울 것이 하나도 없었어요. 그러다 결국 한겨울에 수영장에 뛰어들게 되는 거 있잖아요. 천하무적처럼 느껴지는 그런 순간이 지나고 바로 다음 날 아침이 되면, 손만 대면 바스라질 듯 위태로워져요. 그럼 '이게 사랑이야. 사랑이 사실은 이런 거야' 하는 마음이 들거든요. 뭐랄까요, 우리 모두 자정에 키스할 상대를 찾고 싶어 하잖아요. 쿨하기도 하고 뭐 아무튼요. 하지만 다음 날 "애드빌* 말고는 없어?" 이러고 있는 제 곁을 누가 지켜주죠? 그러니까 「New Year's Day새해 첫날」는 진짜 사랑을 찾는 얘기예요. 새해 첫날을 함께 보낼 사람을 찾는 이야기요.

—2018년 6월 28일,
〈테일러 스위프트 나우 시크릿 쇼Taylor Swift NOW secret show〉

* 이부프로펜 계열의 진통제.

제국을 건설하다

제국을 건설하다

빈 공간

음악 속에서

작사 작곡이 저에게는 항상 1등이에요……. 쓰지 않으면 노래도 하지 않을 거예요.

—2014년 10월 29일, CBS 〈디스 모닝〉

또 한 명의 여자가수가 되고 싶지 않았어요. 뭔가 남다른 점이 있기를 바랐어요. 저의 경우 그게 곡을 쓰는 능력이어야 한다는 걸 알았죠.

—2007년 7월 25일,《엔터테인먼트 위클리》

외출할 때마다 항상 입고 나가는 검은 원피스처럼 제 몸에 딱 맞아떨어졌던 건 오로지 음악뿐이에요. 다른 일은 한두 계절 어울리고 말았지만 음악만은 1년 내내 걸치고 다닐 수 있었어요.

—2014년 10월 20일,《에스콰이어》

앨범을 작곡할 때는 온 세상이 거대한 스토리보드로 변해요. 그리고 그 안의 사람들은 모두 캐릭터가 되거나, 아니면 캐릭터가 될 잠재력을 갖게 되죠.

—2012년 8월 13일,

〈웹 챗과 G+ 팬 미팅web chat and G+ Hangout with fans〉 비디오

열두 살 때 곡을 쓰기 시작했는데, 그 전까지 연애를 해본 적이 없었어요! 제가 봤던 영화들과 가장 기억에 남는 장면들을 생각하곤 했죠. 빗속에 둘이 서 있는데 여자는 남자가 오래도록 자기한테 마음이 있었다는 걸 전혀 모르고 다른 여자를 좋아한다고 생각하지만 사실 남자는 그 여자를 좋아해요. 영화에 나오는 그런 순간을 노래에 담으려고 했던 거예요. 영화적이고 감정적이었죠.

—2012년 11월 11일, 〈VH1 스토리텔러스〉

작곡이 제 경력을 떠받치는 대들보라는 걸 처음부터 항상 알고 있었어요. 맑은 정신을 지탱해주는 기둥이라는 것도요.

—2019년 4월 23일, 《타임》 100인 선정 갈라 파티

"열여섯 살밖에 안 됐잖아요. 그런데 남자친구를 몇 명이나 사귄 거예요?" 저를 보고 이러는 사람들이 정말 많아요. 하지만 남자친구는 많지 않았어요. 친구들이나 옆집 커플이 겪는 사례를 보고 쓸 뿐이에요. 그리고 작곡은 어떤 면에서, 경험보다 관찰이 훨씬 중요해요.

—2006년 10월 24일, 〈야후!〉

제 노래에 영감을 주는 건 실연이 아니에요. 제 노래에 영감을 주는 건 사랑도 아니에요. 제 노래에 영감을 주는 건 제 삶에 들어오는 고유한 개인이에요. 저에게 정말 중요하고 큰 의미가 있는 사람과 연애를 하고도 왠지 그에 대해 노래 한 곡조차 쓸 수 없던 적도 있어요. 그런가 하면, 제 인생에 2주일만 들어왔다 나간 사람을 만나고 앨범 한 장을 통째로 쓸 수도 있거든요.

—2012년 11월 2일, 〈올 싱스 컨시더드〉

작사와 작곡은 일종의 호신용 갑옷이라고 항상 생각했어요. 좀 이상하죠……. 자기 삶에 대해 쓰는 건 보통 취약함을 연상시키니까요. 하지만 자기 삶을 글로 쓰면 삶을 성찰하는 능력이 생기는 것 같아요. 저는 글쓰기를 이용해서 좋든 나쁘든 저에게 일어난 일들을 정당화해요. 글을 쓰면서 좋았던 때는 영예롭게 기리고 나빴던 때는 찬찬히 들여다보면서 파악하기를 좋아하죠.

—2019년 4월 23일,《타임》100인 선정 갈라 파티

누군가 그리울 때는 시간이 더 느리게 가는 것 같고, 사랑에 빠지면 시간이 더 빨리 흐르는 것 같잖아요. 슬플 때는 시간이 너무 느리게 느껴지니까, 아마 그래서 그 슬픔으로 곡을 쓰는 데 그토록 많은 시간을 쏟나 봐요. 하루가 24시간보다 길게 느껴져서요.

—2012년 10월 19일,《빌보드》

작사 작곡을 사랑하는 이유는, 기억을 보존하는 걸 정말 좋아하기 때문이에요. 한때 품었던 감정을 액자 프레임으로 두르는 것처럼 말이죠.

—2019년 2월 28일,《엘르》UK

노래를 쓸 때 멋진 아이디어가 떠오르는 건 사랑과 무척 닮았어요. 이게 왜 다른지 이유는 모르겠는데, 다르거든요. 이게 더 좋은 이유가 뭔지 모르겠는데, 더 좋거든요. 머릿속에 들러붙어서 떨어지지 않고, 생각하지 않으려 해도 그럴 수가 없는 거예요.

—2012년 11월 2일, 《델타 스카이Delta Sky》

처음 노래를 쓰는 작곡가에게 조언을 한다면, 먼저 쓰고 있는 노래의 주인공을 알아야 해요. 그리고 그 사람에게 편지를 쓰세요. 기회가 된다면 하고 싶었던 그 말을 쓰세요. 왜냐하면, 저는 그래서 음악을 듣거든요. 음악은 제가 그래도 생각보다 잘 살고 있다고 말해주고, 그런 순간이 온다면 하고 싶었던 말을 대신 해줘요.

—2010년 7월 20일, 팬들과의 라이브 챗

전에는 자세한 내용은 생략해야 사람들이 더 공감할 거라 생각했었어요. 하지만 지금은 생각이 달라졌어요. 제가 더 깊은 속내를 보여줄수록 사람들도 더 깊은 속내를 알게 됐다고 느끼니까요. 그렇게 우리 모두 중요한 무언가를 나누었다고 느끼게 되니까요.

—2012년 2월 15년, 〈엑스트라〉

저한테 노래는 병에 밀봉한 편지 같아요. 세상에 떠나보내면 제 마음이 향하는 그 사람이 언젠가 진심을 알게 될지도 몰라요.

—2012년 10월 22일,《데일리 비스트^{Daily Beast}》

이제까지 모두 통틀어 제가 가장 좋아하는 노래는 칼리 사이몬^{Carly Simon}의 「You're So Vain^{너는 정말 허영덩어리야}」예요. 제 생각에 그 노래의 심상은…… 이를테면 "너는 요트에 승선하듯 파티에 걸어 들어왔지^{You walked into the party like you were walking onto a yacht}" 같은 거예요. 그건 정말 까마득하게 오랜 기간 동안 들어본 최고의 오프닝 라인이에요. 그 노래는 가사의 심상이 정말 마음에 들어요. 한편으로 원리퍼블릭^{OneRepublic}의 「Apologize^{사과해}」처럼 단순한 노래들도 있거든요. 아주 평범하게 대놓고 말하는데, 이런 가사를 예전에 아무도 쓴 적이 없다니 믿기지가 않는단 말이에요.

—2014년 11월 7일,《톰 빌링》

여성작가들, 아니 모든 쓰는 사람들, 그러니까 자기가 겪은 일을 성찰하고 세상에 내놓는 사람들에게 뭐가 가장 좋은가 하면, 자기가 배운 교훈을 유산으로 남길 수 있다는 점이에요.

—2019년 4월 23일,《타임》100인 선정 갈라 파티

제일 좋아하는 글쓰기는 이야기 속 그 방, 비에 흠뻑 젖은 그 키스로 끌어들이는 거예요. 그 공기의 냄새를 맡을 수 있고, 그 소리가 들리고, 설레는 캐릭터들을 따라 심장이 미친 듯 뛰어요. 그런 건 F. 스콧 피츠제럴드가 정말 잘했죠. 풍요로운 감정적 깨달음들로 화려하게 엮인 장면을 얼마나 근사하게 묘사했는지 읽는 사람마저 한순간 자기 삶에서 벗어나게 되는 그런 글 말이에요.

—2019년 2월 28일,《엘르》UK

요즘 사람들은 음악을 들으면서 연결과 위로를 찾으려 하는 것 같아요. 우리는 비밀 이야기를 들으면서 누군가 "이게 바로 내가 겪은 일이야" 하고 말해주길 바라죠. 그건 우리도 지금 닥쳐온 힘겨운 일들을 이겨낼 수 있다는 증거거든요.

사실 우리는 팝 음악이 일반론을 펼치기를 원치 않아요. 저는 음악을 사랑하는 많은 이들이 사적인 관점으로 화자의 세계를 엿보고 싶어 한다고 생각해요. 생존을 위해 둘러친 감정적 장벽 속 작은 구멍을 들여다보고 싶은 거예요.

—2019년 2월 28일, 《엘르》 UK

저에게 일어나는 일들을 가사로 쓰되 호텔방에 살고 투어 버스를 타고 다니는 얘기는 빼놓으려고 해요. 공감도의 문제가 있거든요. 옆집에 사는 여자애가 되려고 너무 노력해도 절대 그렇게 될 수가 없죠.

—2008년 11월 7일, 《뉴욕 타임스》

보컬 테크닉보다 노래의 의미에 더 집착하는 건 제 안의 작가 기질 때문인 것 같아요. 보컬이나 그런 문제를 지나치게 생각하는 거, 그건 저한테는 수학 같아요. 그런 지경까지 가고 싶지는 않아요.

—2008년 10월 26일, 《로스앤젤레스 타임스》

열두 살 때부터 노래 아이디어가 떠오르곤 했어요. 가사가 붙은 멜로디 한 조각이나 훅 같은 거였죠. 노래 첫 줄일 때도 있었고요. 백그라운드 보컬 파트나 그런 것일 때도 있었는데, 아무튼 퍼즐의 첫 번째 조각 같았어요. 노래를 완성할 때 제가 한 일은 나머지 조각들을 다 채워 넣으면서 전체 그림이 어떻게 되어가는지 알아내는 거였죠.

—2012년 11월 2일, 〈올 싱스 컨시더드〉

신비하고 마술 같은 순간들이 있어요. 뭐라 설명할 수 없는 그런 순간에는 완성된 곡의 아이디어가 뇌리에 팍 떠올라요. 그게 제 일에서 가장 순수한 부분이에요. 다른 모든 면에서 복잡하게 꼬일 수 있지만, 작곡은 제 방에서 노래를 쓰던 열두 살 때와 똑같이 복잡할 것이 하나도 없는 일이에요.

—2018년 7월 10일, 《하퍼스 바자》

곡을 쓰는 일에 대해서 질문을 정말 많이 받았어요. 작곡 과정이나, 아이디어가 떠오르면 다음에 어떻게 하는지 같은 질문이었죠. 답을 드리자면, 제일 먼저 휴대폰부터 잡아요. 그리고 피아노 끝에 휴대폰을 얹어두거나 기타 바로 앞 침대에 올려둬요. 그런 다음 머릿속에 떠오르는 선율이나 말도 안 되는 횡설수설을 닥치는 대로 연주하죠.

—2014년 8월 18일, 〈야후! 라이브 스트림〉

창의성은 영감을 받아 벼락이 내리치듯 아이디어가 떠오르는 순간이 오면 힘든 일을 마다 않는 직업윤리를 가지고 책상에 앉아서 그걸 열심히 받아 적는 거예요.

—2016년 4월 19일,

《보그》〈테일러 스위프트와 73가지 질문73 Questions with Taylor Swift〉 비디오

넷플릭스 다큐멘터리 〈미스 아메리카나〉 속 장면 (2020)

© Netflix

아이디어가 떠오르는 건 정말 순식간에 일어나는 일이라서, 휴대폰이든 뭐든 손 닿는 대로 아무 데나 빨리 기록해야 하거든요. 한번은 공항을 걸어가고 있는 중에 아이디어가 떠오르는 바람에 어디든 적어둬야 했는데, 화장실에 휴지가 있다는 게 생각났죠. 그래서 화장실로 달려가서 아이디어를 적은 다음 다시 터미널로 뛰어가서 노래를 완성했어요. 그제야 제가 뛰어 들어갔던 곳이 남자 화장실이라는 걸 깨달았죠.

—2009년 12월 4일, 〈제이 레노 쇼The Jay Leno Show〉

하루 중 아이디어가 가장 많이 떠오르는 시간은 잠들기 직전이에요. 저는 아침에 일어나서 잠들기 전까지 한시도 쉬지 않고 이런저런 생각들을 하거든요. 그날 해치워야 할 일을 생각하고, 모든 면에서 영향을 미칠 결정들을 내려야 하고, 생각이 끊이지 않아요. 그래서 잠들기 직전, 바로 그때만 온전히 아이디어들을 생각할 수 있고, 보통 그럴 때 이것저것 떠올라요.

—2009년 4월 15일, 〈디지털 로데오〉 비디오

공동으로 곡을 쓰는 세션은 무조건 여자들끼리의 수다로
시작해요. 방에 들어가면서부터 "지금 내가 무슨 일을 겪고
있는지 아세요? 이 얘기 꼭 들어야 해요" 하고 말하죠. 그리
고 25분에 걸쳐서 네 달 전 만난 남자하고 잘 지내고 있었
는데 이런 일로 그 남자가 거짓말을 했고 그래서 기겁했다
는 얘기로 수다를 떨어요.

—2012년 10월 19일, 《빌보드》

앨범 제작은 스트레스도 심하지만 기쁨의 요소도 있어요.
제 경우는 터무니없이 스트레스를 받거나 지나치게 희열에
들뜨거나 둘 중 하나예요. 그래서 대체로 이런 식으로 흘러
가죠. 방금 노래를 한 곡 다 썼다고 하면, 그때 저는 여러분
이 본 중에서 가장 행복해 보일 거예요. 하지만 일주일하고
도 반이 지났는데 한 곡도 못 썼다면, 아마 다른 어느 때보
다도 더 스트레스에 시달리는 얼굴일 걸요.

—2012년 10월 26일, 라디오방송 〈빅 키킹 컨트리Big Kickin Country〉

앨범을 구성하는 도중에 제 뇌의 절반은 '이건 진짜 멋져!'라고 하고 있고 나머지 절반은 꼬치꼬치 트집을 잡으면서 '너를 미워하는 사람들이 이 노래를 뭐라고 하겠어? 좋아하겠어? 너를 싫어하는 사람의 머리에도 콱 박힐 만큼 좋은 곡을 써야지'라고 말해요.

—2015년 10월 18일, 《보그》오스트레일리아 표지 촬영 비하인드 스토리

앨범의 첫 싱글을 고르는 게 언제나 정말 어려운 것 같아요. 만들 때는 주제가 광범위한 앨범을 제작하려 애쓰는데, 그중에서 제일 먼저 나가서 이 앨범을 대표할 노래를 골라야 하는 거잖아요. 앨범을 정확하게 요약하는 단 하나의 노래란 건 없단 말이죠.

—2019년 4월 29일, 〈자크 생 쇼Zach Sang Show〉

「Tim McGraw」는 사실 사람들이 어떻게 컨트리음악에 영향을 받는지를 말해주는 노래예요. 어떤 커플이 사랑에 빠지면 그들의 노래가 곧 팀 맥그로의 노래인 거예요. 그래서 헤어진 후에도 그 노래를 들으면 두 사람은 그때 그곳으로 돌아가요. 흡사 노래에 홀린 듯이 말이에요.

—2006년 10월 24일, 〈야후!〉 비디오

옳은 선택이라는 걸 정말로 확신하고 싶었어요. 그래서 '두려움 없는fearless'이라는 단어를 가져다가 제 노래들이 다루는 문제 하나하나에 적용했어요. 실연의 아픔, 함께하리라 믿었던 사람과 헤어져야 한다는 사실의 직시, 미안하다는 말을 하고 또 하면서 똑같은 잘못을 계속 저지르는 사람의 문제, 그럼에도 언젠가는 다 좋아질 거라는 믿음. 이 모든 일에 '두려움 없이' 맞서는 부분이 있다고 생각했죠.

—2008년 12월 19일, 《더 부트》

여자들의 힘을 보여주거나 "자기 자신을 믿어라" 같은 목표를 너무 노골적으로 내세우는 노래를 쓰고 싶지는 않아요. 그보다는 삶의 미묘한 뉘앙스를 담는 편이에요.

—2014년 11월, 《보그》 영국판

「You Belong With Me」에 나오는 남자아이는 제 친구였어요. 어느 날 여자친구와 통화하는 그 애 곁을 지나가게 됐죠. 그런데 여자애가 악을 쓰고 있었어요. 제 친구에게 고래고래 소리를 질러대는 거예요. 휴대폰에서 들리는 목소리가 너무 시끄러워서 제 귀에도 다 들렸는데, 그런 건 언제 들어도 기분이 좋지 않잖아요……. 그래서 친구 생각을 하니 마음이 좋지 않았어요. 나중에 들으니 친구가 10분 후에 전화하겠다고 하고는 15분 후에 전화했다고 그렇게 소리를 질러댄 거라더군요……. 지나쳐서 걷다가 저는 혼잣말처럼 흥얼거리기 시작했어요. "넌 여자친구와 통화 중이야, 그 애는 화가 났지You're on the phone with your girlfriend, she's upset*"

—2009년 5월, 〈더 핫 데스크〉

* 테일러 스위프트의 노래 「You Belong with Me」의 가사 첫 줄.

『Fearless』라는 앨범을 제작했는데 그 앨범이 새로운 돌파구가 되어주었어요. 라디오에서 처음으로 제 노래들이 나왔고, 세계적으로 히트를 쳤죠. 『Speak Now』는 그 후의 제 삶을 기록한 연대기예요. 겨우 열아홉, 스무 살이었던 제가 새로운 삶에 적응하고, 사랑과 삶, 그 사이의 우선순위를 정하고 균형을 잡는 일, 그에 따른 온갖 감정들을 기록했죠.

—2012년 2월 9일, 제54회 그래미 어워드 리허설

『Speak Now』의 색을 정해야 한다면 보라색일 거 같아요. 어쩐지 그 앨범은 정직하고 진실한 면이 있는데, 그게 왠지 저에게는 보라색으로 느껴지거든요. 그리고 『Fearless』는 저한테 금색이에요. 처음으로 미국 밖에서 제 음악을 인정받았는데, 저에게 그건 무언가 새로운 것이 황금빛 급류처럼 밀어닥치는 듯 느껴졌어요. 제 첫 앨범은, 파랑색일 것 같네요.

—2012년 10월 23일, 〈유니버설 뮤직 코리아〉 비디오

"걔는 열여덟 살짜리 여자애야. 작곡 세션에서 그렇게 큰 비중을 차지했을 리가 없잖아." 이런 말을 하는 사람들이 얼마나 많았는지 몰라요. 정말 잔인한 비판이라고 생각했죠. 제가 다음 앨범을 단독으로 작사 작곡하지 않는 한 그들이 틀렸다는 걸 입증할 길이 없잖아요. 그래서 작정하고 『Speak Now』 앨범을 만들었어요. 그 앨범에는 처음부터 끝까지 공동 작곡가나 공동 작사가가 단 한 명도 들어가지 않았어요.

—2018년 9월 28일, 〈테일러 스위프트: 로드 투 레퓨테이션〉

「Speak Now」는 친구의 이야기에서 영감을 받았어요. 친구에게 어렸을 때 좋아했던 남자애가 있었는데, 고등학교 때 사귀었다가 헤어져서 각자의 삶을 살았대요. 그래도 암묵적으로 언젠가 다시 만날 거라는 믿음이 있었나 봐요. 그런데 어느 날 친구가 그러더군요. "걔가 결혼한대……."

그러고 나서는 사랑하는 이가 다른 사람과 결혼하면 얼마나 비극일까 하는 생각이 자꾸만 들더라고요. 그러다 한참 지난 후에 헤어진 남자친구가 결혼하는 꿈을 꿨어요. 그러자 조각이 맞춰지면서 결혼식에 불쑥 끼어드는 내용의 노래를 써야겠다는 생각이 들었어요.

—2018년 12월 13일, 『Speak Now』 코멘터리

(빅 머신 라디오 릴리스 스페셜)

이 상은 저에게 정말로 의미가 큽니다. 제가 작곡한 노래 「Mean」으로 받았기 때문이에요. 저에게 정말로 못되게 굴고 저를 끔찍하게 미워한 사람에 대해 곡을 쓰고 그 곡으로 그래미를 수상하는 기분은 그 무엇과도 비할 수 없거든요.

—2012년 2월 12일, 54회 그래미 어워드

"지나치다"라는 비판에는 익숙해요. 첫 앨범이 나왔을 때는, 반응이 "이건 지나치게 팝이야" 아니면 "너무 록인데" 둘 중의 하나였죠. 「Mean」이라는 곡이 나오니까 또 그건 너무 블루그래스*고 너무 컨트리음악이라고 하는 거예요. 좀 우습다고 생각했어요. 그러니까 문득 사람들이 제 음악을 판단하는 말에 마음을 쓰지 말아야겠다는 생각이 들더라고요. 제 노래들이 다 똑같이 들린다고 하기 시작하면 그게 정말 무서운 일이죠.

—2012년 11월 11일, 〈VH1 스토리텔러스〉

* 1940년대 말에 생겨난 초기 컨트리음악. 하이톤의 보컬과 피들, 기타, 만돌린, 베이스, 다섯 줄짜리 밴조로 편성되며, 밴조 또는 기타가 리드하는 점이 특징이다.

『Red』를 시작할 때는 컨트리음악을 작곡하고 있었어요. 늘 하던 대로 똑같은 아이디어가 똑같은 방식으로 떠올랐죠. 그런데 작업에 들어가고 몇 달 지나니까 아이디어가 팝 멜로디로 떠오르기 시작했고, 그걸 막을 수 없어서 그냥 받아들였어요.

—2018년 9월 28일, 〈테일러 스위프트: 로드 투 레퓨테이션〉

앨범 타이틀에 빨강이라는 색이 들어가서 너무 좋아요. 빨강 하면 여러 다른 감정들 중에서도 가장 강렬한 감정을 떠올리게 되니까요. 뜨거운 열정과 빠져드는 사랑, 술책과 모험과 과감한 도전이 있는가 하면, 또 한편으로 분노와 질투와 좌절과 배신도 있어요.

—2012년 10월 6일, 〈MTV 뉴스MTV News〉 UK

누구나 지금 겪고 있는 상황을 떠올릴 만한 곡이 이 앨범에 하나씩은 있기를 바라요. 달성하기 어려운 목표이긴 하지만 저는 다채로운 감정들을 고루 다루려고 노력해요. 첫사랑을 하는 사람이 자기 얘기라고 느낄 곡도 있으면 좋겠고, 외로운 사람이나 헤어진 남자친구를 그리워하는 사람이 공감할 곡도 있으면 좋겠어요. 방금 새로운 상대를 만나 완전히 넋을 놓고 사랑에 빠져버린 남자도 자기 노래가 있다고 느끼길 바라요.

—2018년 12월 13일, 『Red』「Stay Stay Stay가지 마 가지 마 가지 말아요」 코멘터리

(빅 머신 라디오 릴리스 스페셜)

날마다 감정은 달라지기 마련이에요. 그러니까 우리도 이틀 연달아 정확히 똑같은 사람일 수는 없어요. 사람의 성격을 구성하는 것들, 특정한 감정을 구성하는 것들은 너무나 많고 또 다양하다는 말이에요. 그래서 저는 노래를 통해서 한 가지 감정의 한 가지 뉘앙스를 아주 살짝 엿보려고 애쓸 뿐이고, 잠깐 훔쳐본 그 감정이 늘어나서 보통 3분 30초 길이가 되는 거예요.

—2018월 12월 13일, 『Red』「Begin Again」 코멘터리

(빅 머신 라디오 릴리스 스페셜)

행복한 노래, 이별의 노래, 감상적 노래, 그리움의 노래, 분노의 노래 각각의 양을 균형 있게 배분하는 걸 좋아해요. 같은 감정에 매몰되어 되풀이하지는 않으려 하죠. 어쩐지 분노한 앨범을 만들면 사람들을 잃게 될 것 같아서요.

—2009년 6월 15일, 《엘르》

스튜디오에 있는데 헤어진 남자친구의 친구라는 남자가 들어왔어요. 자기가 누구누구라고 소개하더니 제가 헤어진 남자친구와 다시 만나기로 했다는 얘기를 들었다고 하더군요. 그 사람이 가고 나서 저는 프로듀서 맥스 마틴과 셸백한테 그 얘기를 하면서 "그런데 우리는 절대, 절대, 절대 다시 사귀지 않을 거야!And we are never, ever, ever getting back together!"라고 말했어요. 제가 기타를 들었더니 맥스가 "우리 그 노래를 써야겠다"라고 하더군요. 그래서 자연스럽게 그렇게 됐어요.

—2012년 9월 22일, 아이하트라디오 뮤직 페스티벌 백스테이지

우리의 일상에는 어둠의 요소들이 있어요. 매우 어둡고 부정적인 감정들이 존재하는데, 이 세상에서 죽지 않고 행복하고 만족스럽게 살려면 이 감정들을 어떻게 헤쳐나갈지, 어떤 빛을 비추어 조명할지, 어떤 눈으로 바라볼지 알아내야 하죠. 그런데 곡을 쓸 때 저는 이 어둠의 메시지에 가볍고 행복한 비트나 멜로디를 붙여 대조하는 경우가 아주 많아요. 그냥 그런 느낌이 너무 좋아요.

—2014년 10월 27일, 〈빅 모닝 버즈 라이브Big Morning Buzz Live〉

「I Knew You Were Trouble」은 소리로서 혼란스럽고 시끄럽고 걷잡을 수 없고 강렬한 제 감정을 표현하고 있어요……. 선을 넘지 않으려고 너무 많이 생각하긴 싫었어요. 느끼는 그대로의 미친 사운드를 원했죠.

—2012년 10월 18일,《시카고 트리뷴》

오늘날 음악을 만드는 것에는 야성적이고 예측할 수 없는 재미가 있는데, 무엇이든 다 통하기 때문이에요. 팝 사운드는 힙합 같고 컨트리 사운드는 록 같고 록 사운드는 소울 같고 포크 사운드는 컨트리 같죠. 저한테는 어마어마한 발전이라고 느껴져요. 전 음악적으로 받은 영향들을 모두 반영한 음악을 하고 싶거든요. 앞으로 장르의 개념은 커리어를 결정하는 요소가 아니라 구성의 도구에 가까워지리라 생각해요.

—2014년 7월 7일, 《월스트리트 저널》

당시에는 컨트리음악 아티스트라는 사실에 애착이 있었어요. 정말이지, 컨트리음악 라디오라든지 커뮤니티와 이토록 깊은 인연을 쌓아왔으니, 그건 성역과 같거든요. 우리는 『Red』를 컨트리음악 앨범이라고 명명했어요. 출시되고 나서 앨범은 전반적으로 작곡이 훌륭하다는 평을 받았죠. 그렇지만 앨범의 성격이 다소 다중적이라는 사실도 알게 됐어요.

—2018년 9월, 〈테일러 스위프트: 로드 투 레퓨테이션〉

우리가 상을 많이 타려고 음악을 하는 건 아니지만 계속 진화하려면 어디선가 큐를 받아야 하거든요. 상을 못 타면 우리가 할 수 있는 선택이 몇 가지 있어요. "뭐야, 저 사람들이 틀린 거야. 다들 잘못 투표했어" 이럴 수도 있고요. 두 번째로는, "무대에 올라가서 수상자의 마이크를 뺏어버려야지" 하고 마음먹을 수도 있겠죠. 아니면 세 번째, "그 사람들이 옳을지도 몰라. 내가 커리어를 결정지을 만한 앨범을 만들지 못했을지도 몰라. 문제점을 찾아서 고쳐야겠어. 앨범 사운드에 일관성이 없었어. 내가 음반 제작사의 의견을 너무 귀담아 듣고 있는 건 아닐까. 내가 하는 예술이 그런 말들에 너무 좌우되었는지도 모르겠다" 하고 반성할 수도 있어요.

—2015년 10월 9일, 그래미 리스닝 세션

트렌드를 뒤쫓아 가면 음악이 나올 때쯤 이미 그 트렌드는 끝나고 새로운 물결이 유행하고 있을 거예요. 그래서 너나없이 다들 하고 있는 걸 따라가기보다는 새로운 물결의 일부가 되어 새로운 음악을 만들고 싶어요.

—2014년 10월 9일, 〈KISS FM UK〉

네다섯 번째 앨범을 낼 때쯤 아티스트들이 저지르는 실수가 있어요. 탄탄한 작곡보다 혁신이 더 중요하다고 생각하는 거예요. 저는 음악을 들을 때 이 곡으로 뭘 하려는지 알겠다 싶을 때가 제일 끔찍하게 실망스러워요. 이해가 안 되는 지점에 댄스 브레이크가 들어가고, 그 자리에 있으면 안 되는 랩이 있고 그런 거요. 이를테면 최근 6개월 동안 제일 쿨하고 힙했던 비트 체인지가 있다고 해봐요. 하지만 여기 이 감정과는 아무 관계가 없고, 정서와도 가사와도 연관되는 지점이 없단 말이죠.

—2013년 11월 25일,《뉴욕》

다섯 번째 앨범쯤 되면—저는 운이 좋아서 지금까지 앨범이 아주 많이 팔리기도 했고요—아무도 저에게 도전을 걸어오지 않아요. 레이블에서도 저에게 "아, 이번 앨범은 예술적으로 큰 차이가 없군. 작정하고 노력을 해야겠는데" 같은 얘기는 하지 않고요.

자기가 알아서 해야 해요. 스스로 도전해서 밀어붙여야 하죠. 그 시점에는 제가 뭘 해도 다 괜찮다는 사람들이 아주 많을 테니까요.

—2014년 10월 27일,《더 선》

해도 되는 것들의 경계를 탐색하는 걸 정말 좋아해요. 그리고 음악적으로 허락된 것에 천장이 있다는 생각은 하기 싫어요. 다른 악기로 연주하지 않으면, 다른 색을 써서 그림을 그리지 않으면, 변함없이 똑같은 모습으로 남겠다는 선택을 하는 거예요.

—2012년 11월 11일, 〈VH1 스토리텔러스〉

컨트리음악 덕분에 이토록 다채롭게 그림을 그릴 수 있으니 그저 감사할 따름이에요. 컨트리음악은 제가 음악적으로 확장하게 해주었고, 크나큰 힘이 되어주었어요. 세계로 나가 돌아다닐 때면, 화려한 무대 뒤에서, 우리 나라 미국이 유럽과 아시아로 뻗어나가는 저를 보며 들뜬 마음으로 응원해주고 있음을 알아요. 그게 정말 기분이 좋아요. 저에게는 언제까지나 돌아갈 음악적 고향이 있으니까 자부심을 가질 수 있어요.

—2012년 9월 9일,

캐나다 컨트리뮤직협회 어워드Canadian Country Music Association Awards 백스테이지

제 커리어와 앨범의 전반적인 모양, 사운드, 어느 곡이 앨범에 들어갈지 같은 창조적인 부분을 이만큼 통제할 수 있다는 건 멋진 기분이에요. 이런 선택들을 다 제가 할 수 있다니, 정말 운이 좋은 거예요.

—2012년 10월 26일, 라디오방송 〈믹스 93.3〉

2년에 걸쳐 앨범 한 장을 만드는 걸 좋아하는데, 그러다 보니 첫 해에는 실험을 많이 해요. 별별 것들을 다 시험해보면서 이런 곡도 써보고 저런 곡도 써보는 거죠. 그러다 보면 자연스럽게 한쪽으로 기울어지기 시작하거든요. 『1989』도 그랬는데, 자연스레 기울어진 쪽이 뭔가 1980년대 후반 느낌이 있는 신디사이저 팝 음악이었어요.

—2014년 10월 9일, BBC 〈라디오 1〉

앨범이 궤도에 올라 달리기 시작했다는 걸 알고 스콧 보체타에게 가서 말했어요. "솔직히 말해야겠어요. 저는 컨트리 음악 앨범을 만들지 않았어요. 컨트리음악 앨범 비슷한 것도 안 만들었다고요." 그는 물론 너무 당황해서 제정신이 아니었죠. 그러고 나서 애도의 단계를 모두 거쳤어요. 애원하고, 부정하고. "컨트리음악을 세 곡만 써주면 안 될까? 「Shake It Off」에 피들*을 넣을 수 있어?" 그리고 제 답은 모두 아주 확고한 '안 돼요'였어요. 앨범이 하나로 떨어지는데 두 장르에 다 걸쳐 있는 건 기만 같았거든요.

—2014년 12월 5일, 《빌보드》

대체로 팬들이 걱정한 건, 제가 팝 음악을 하기 시작하면서 똑똑한 가사를 안 쓰면 어쩌나, 감정이 풍부한 가사를 쓰지 않으면 어쩌나, 그런 거였어요. 그런데 새 앨범을 듣고는 그게 아니라는 걸 알게 된 거죠.

—2014년 12월 15일, 〈바버라 월터스 프레젠츠: 2014년 가장 매력적인 인물Barbara Walters Presents: The 10 Most Fascinating People of 2014〉

* 컨트리음악에서 연주하는 바이올린과 연주 스타일.

옛날에 누가 해준 말인데, 듣기 싫은 말을 들었을 때 그 사람의 진면목이 드러난다고 해요……. 컨트리음악 커뮤니티 여러분, 제가 여러분에게 팝 앨범을 만들었다고, 다른 장르를 탐색하러 가고 싶다고 말했을 때, 여러분은 기품 있게 사실을 받아들이고 저에게 참모습을 보여주었어요.

—2015년 4월 19일,
제50회 아카데미 오브 컨트리뮤직 어워드Academy of Country Music Awards 시상식

컨트리음악을 지금껏 사랑했고 또 앞으로도 사랑할 이유를 들자면 정말이지 스토리텔링의 장르이기 때문이에요. 이야기로 시작해 다음 이야기를 노래하고 말미에서 이야기를 끝맺어요. 그러면 가사의 시정을 따라 여행을 떠난 기분이 들죠. 이건 앞으로도 영원히 사라지지 않을 제 창작의 일부예요.

—2014년 9월 28일, 〈모두가 그 이야기를 하고 있어요〉

열일곱 살 때 쓴 「Love Story」라는 노래가 있어요. 콘서트를 하는 한 저는 언제까지나 이 노래를 연주할 거예요. 지금 돌아봐도 이 노래에 공감할 수 있거든요. "우리는 이 노래에 맞춰서 결혼식장에서 행진했어요"라고 이야기해줬던 팬들도 생각나고, 이 노래가 처음 세계적인 히트송이 됐을 때 제 마음에 특별하게 느껴졌던 기억도 있고요. 하지만 「Tim McGraw」는 그런 연결이 잘 느껴지지 않아요. 그 곡과는 노스탤지어를 통해 공감하게 되는데, 사실 첫사랑에 대한 노래거든요. 지금의 제 삶은 그때와 전혀 다른 지점에 와 있어요. 감정적으로 이만큼 성장한 게 꿈 같은 일이에요. 그래서 이제는 눈이 초롱초롱하던 열다섯 살짜리가 생각한 사랑의 개념에 공감할 수가 없는 거예요.

—2014년 10월 31일, 〈올 싱스 컨시더드〉

팝 음악을 만들면 예전에 쓸 수 없던 여러 다른 요소들로 훅을 만들 수 있어요. 그게 작곡가로서 신나는 일이었죠. 샤우트도 쓰고 대사도 쓰고 속삭임도 쓸 수 있어요. 영리하게만 쓰면 모두 훅이 될 수 있죠.

—2014년 10월 24일, 《빌보드》

앨범을 일종의 선언으로 생각하는 걸 좋아해요. 시각적으로, 음향적으로, 감정적으로 앨범마다 뚜렷한 지문이 있는 게 좋아요. 『1989』에서는 제가 하고 싶은 대로 다 해봤어요. 팝 앨범을 만들고 싶어서 그렇게 했고요. 아주 당당하고 솔직하게 팝을 하고 싶어서 그렇게 했어요. 뉴욕으로 이사하고 싶어서—특별한 이유는 없었어요. 연애 때문도 아니고 일 때문도 아니에요—그렇게 했죠. 머리를 짧게 자르고 싶었고, 그렇게 했죠. 이 모든 일이 내가 원하는 대로 내 삶을 산다는 주제와 연관되어 있어요.

—2014년 10월 24일, 《빌보드》

『1989』를 「Welcome to New York」으로 시작하고 싶었어요. 뉴욕은 지난 2~3년간 제 삶의 이야기에서 중요한 풍경이자 배경이었거든요. 뉴욕으로 이사 가는 꿈도 꾸면서 뉴욕으로 가야겠다는 생각에 집착하다가 결국 그렇게 했어요. 그리고 그 도시에서 제가 발견한 영감은 말로 형용할 수가 없어요. 제가 살아오며 받았던 그 어떤 강력한 영감도 여기에 비할 바가 아니었죠. 뉴욕은 짜릿하게 사람을 감전시키는 도시 같아요.

—2018년 12월 13일, 『1989』 「Welcome to New York」 코멘터리

(빅 머신 라디오 릴리스 스페셜)

확실히 해두고 싶은데 그 가사는 사실 "난 헤어진 애인들의 명단이 길어Got a long list of ex-lovers"였어요. 그 가사와 제 노래 (「Blank Space」)가 전 세계에서 오해*를 받았는데도 1등을 8주 동안이나 했다니 제가 운이 정말 좋지 뭐예요.

—2014년 3월 29일, 아이하트라디오 뮤직 어워드

프로듀서 그룹은 『1989』 때보다 훨씬 축소됐어요. 『1989』에서 같이 작업한 사람들을 골랐지만, 『1989』를 죽이고 새로운 것을 만들 만큼 다재다능한 사람들을 원했죠.

—2017년 10월, 『Reputation』 시크릿 세션

* 스위프트의 곡 「Blank Space」 가사 중 "long list of ex-lovers"가 "Starbucks lovers"로 들려서 생긴 오해를 말한다.

이 앨범—『Reputation』—은 달랐어요. 평판이라는 개념에서부터 쌓아나갔거든요. 그래서 "내 평판에 화가 나 있어"라고 하는 순간들이 아주 많아요. "평판 따위 신경 쓰지 않아. 나는 괜찮아, 괜찮다고! 무슨 상관이야!" 같은 순간들 말이에요. 그러다 "맙소사, 내 평판 때문에 정말로 내가 좋아하는 사람이 나와 친해지기 싫다고 하면 어쩌지?"라고 말하게 되는 순간들도 나오죠.

—2018년 6월 28일, 〈테일러 스위프트 나우 시크릿 쇼〉

『Reputation』은 온갖 잡음을 뚫고 사랑을 찾아내는 이야기를 담은 앨범이에요. 그래서 잡음으로 시작하죠. 시끄러운 소음이 어떤 감정을 유발하는지, 사람들이 나에 대해 퍼뜨리는 말이 진실이 아니라고 느껴질 때 어떤 기분이 되는지를 거쳐서, 그에 맞서 내 평판에 반항하며 내 삶을 살아가는 이야기를 하게 돼요.

—2018년 9월, 〈테일러 스위프트: 로드 투 레퓨테이션〉

「…Ready for it?…각오는 됐어?」은 앨범 나머지 곡에서 계속 듣게 될 은유를 처음 소개해요. 일종의 '죄와 벌' 은유인데, 강도와 도둑이나 사기극 같은 얘기들을 하게 되죠. 「…Ready for it?」에서는 범죄를 공모할 파트너를 찾는 식으로 나오는데, "세상에, 우리는 똑같아, 우린 똑같은 사람들이야, 이럴 수가! 같이 은행을 털자, 정말 멋져!" 이렇게 돼요.

—2017년 10월, 『Reputation』 시크릿 세션

다섯 번째 트랙이—각 앨범에서—최고로 좋아요. "아, 5번 트랙은 좋을 게 틀림없어. 5번 트랙은 감정적이고 속내를 드러내는 노래니까" 이런 식이죠.

—2017년 10월, 『Reputation』 시크릿 세션

『Reputation』에서 「Don't Blame Me^{내 탓은 하지 마}」 다음 곡들에 반복적으로 들리는 보컬 효과가 있을 텐데요. 그건 보코더^{vocoder}예요……. 노래를 부르면 보코더가 음성을 쪼개서 코드로 변환하고 키보드로 그 코드를 연주할 수 있게 해주는 식의 보컬 효과죠. 「Delicate^{연약한 마음}」의 초입부터 내내 들리는 소리가 그거예요. 앨범 나머지 곡에서도 여러 번 들리고요. 우리가 스튜디오에서 시험해봤는데 저는 그 사운드가 정말 감정적이고 여리면서 뭐랄까, 슬프지만 아름답다고 생각했어요.

— 2017년 10월, 『Reputation』 시크릿 세션

예전부터 각 파트가 연애가 진척되는 단계처럼 느껴지게 곡을 구조화하고 싶었어요. 가사가 연애의 각 단계처럼 보이게요. 프리코러스^{prechorus}도 별개의 단계처럼 느껴지고 코러스도 다른 단계처럼 들리길 바랐죠. 다 각자의 정체성이 있으면서도 노래가 진행됨에 따라 더 깊어지고 페이스가 더 빨라지는 것처럼 들리도록 말이에요. 그런데 드디어, 「King of My Heart^{내 마음의 왕}」로 그걸 해낼 수 있었어요.

— 2017년 10월, 『Reputation』 시크릿 세션

『Reputation』은 카타르시스가 있었어요. 그 앨범을 만들고 나서는, "후아, 됐어. 좋아, 다 끝냈어"라고 말했죠. 그렇지만 전부 다 해야만 했던 이야기였어요. 그때는 너무 여러 가지 감정을 느끼고 있었거든요.

—2018년 6월 28일, 〈테일러 스위프트 나우 시크릿 쇼〉

예술가가 좋은 작품을 창작하려면 불행해야 한다는 생각은 흔한 착각이에요. 보통 예술과 고통은 손잡고 나란히 가는 거라고 말하죠. 제가 그게 사실이 아니라는 교훈을 배웠다는 게 감사할 따름이에요. 행복과 영감을 동시에 찾아내는 건 정말 멋진 일이거든요.

—2019년 3월 6일, 《엘르》

이 새로운 노래는 좀 더 유희적이고 내면 지향적이에요. 앨범을 잘 들어보면 점점 더 한 인간으로서의 저를 담고 있다는 걸 알게 될 거예요. 노래 제목인 「ME!」에서 말장난의 의도는 전혀 없어요. 하지만 그건 어떤 면에서 벽을 무너뜨리는 일이었어요. 저를 둘러싼 벙커를 해체하는 일이었죠.

—2019년 5월 1일, 〈비츠 1〉

「ME!」는 자기 개성을 온전히 받아들이고 철저히 축하하고 주인의식을 갖는 노래예요. 팝송에는 멜로디를 사람들 뇌리에 박아 넣는 힘이 있잖아요. 그래서 들으면 더 좋은 사람이 된 기분이 드는 노래를 쓰고 싶었어요. 스스로가 더 한심해지는 게 아니라 말이에요.

—2019년 4월 25일, NFL 드래프트 행사

길이 빛나기를

최고의 로맨스—팬과의 사랑

언제나 저는 팬들과 동지애를 느끼기 위해서 음악을 했어요. 뭔가 남성 판타지를 충족시켜 주는 식이 아니라요. 의도한 건 아니지만 자연스레 저에게 느껴지는 마음일 뿐이에요.

—2014년 10월 27일, 〈테일러 스위프트 1989〉

어렸을 때는 제 방에서 곡을 썼는데, 처음 느껴지는 감정은 공포였어요. 아무도 이 노래를 들어주지 않을까 봐 무서웠거든요. 제 팬들에게는 아무리 감사해도 모자라요. 이제는 그런 마음이 들지 않으니까요.

—2010년 12월 3일, 컨트리 뮤직 텔레비전Country Music Television

올해의 아티스트상 수상 소감

무대에 오르는 그 순간까지 하루가 거지같았을 수도 있어요. 하지만 2만 명의 함성을 듣는 순간 '오늘은 그렇게 나쁘지 않아. 다 잘될 거야' 하는 생각이 들죠.

—2011년 6월 20일, 라디오방송 〈더 불The Bull〉

이 노래들이 세상에 나가서 뭐든 제 팬들이 원하는 모습이 되길 바라요. 팬들이 제 전 남자친구가 아니라 그들의 전 남자친구를 머릿속에 떠올리길 바라요. 제가 음악을 내놓을 때마다 언론에서 추리 게임을 벌인다는 걸 알아요. 그렇다고 해서 제가 사실을 확인해주거나 그런 게임을 도와줄 이유는 없어요.

—2014년 12월 29일, 〈더 모닝 쇼〉

그게 가수와 퍼포머의 차이예요. 가수는 자기 자신을 위해서 노래를 부르고 퍼포머는 다른 모든 사람을 위해 공연하거든요.

—2014년 11월 3일, 〈더 보이스The Voice〉

정말로 그냥 제 삶에 대해서만 쓰고 있다고 생각했어요. 음악을 내놓으면 그 노래가 바로 다른 여자아이의 방에서 울려 퍼지고 제가 만나보지도 못한 사람들의 차 안에서 재생된다는 사실은 전혀 이해하지 못하고 있었어요. 그래서 그런 일이 생기고 나니까…… 인간으로서 우리가 정말 원하는 건 타인과의 연결이라는 실감을 하게 되는 것 같아요. 그리고 저는 음악이 바로 그런 궁극적 연결이라고 생각해요. 연결할 사람이 아무도 없으면 어떻게 해야 할까요? 언제든 음악을 틀면 같은 일을 겪은 누군가가 있고 우리는 혼자가 아니라는 걸 알 수 있어요.

—2018년 12월 13일, 『Taylor Swift』 「Invisible」 코멘터리

(빅 머신 라디오 릴리스 스페셜)

라이브로 노래할 때는 보통 그 곡을 작곡할 당시의 감정들을 모두 그대로 무대에서 다시 느껴요. 그게 올바른 심리 상태니까요. 그래서 가끔 무대에서 정말로 감정이 복받칠 때가 있어요……. 저를 지켜주는 이 수많은 사람 앞에서 그런 감정을 느끼는 건 환상적이에요. 제가 여기 서 있는 건, 그들도 저와 같은 감정을 느꼈기 때문이라는 걸 잘 알고 있으니까요.

—2011년 1월 3일, 〈레이철 레이 쇼Rachael Ray Show〉

저도 누군가의 팬이었고, 아레나의 끝줄에 앉아서 사랑하는 아티스트가 제가 듣고 싶은 노래를 해주지 않는 모습을 본 적이 있어요. 그래서 저는 팬들이 서 있는 자리를 진심으로 존중해야 한다고 생각해요. 팬들에게는 5년 전에 내놓은 노래들에도 수많은 추억이 있기 마련이에요. 그러니까 제가 지겨워서 연주하기 싫어진 곡이라도 팬들이 원한다면 연주할 거예요.

—2012년 11월 11일, 〈VH1 스토리텔러스〉

제 머릿속에서는 이 노래—「All Too Well」—가 두 개의 삶을 사는 느낌이에요. 하나의 생에서 이 곡은 카타르시스로부터 탄생했어요. 분통을 터뜨리고 감정을 극복하고 이해하고 대처하려는 노래였죠. 또 다른 생에서는 이 곡이 세상에 나갔는데 여러분이 저를 위해 완전히 다른 노래로 바꿔줬어요. 여러분이 이 노래를 추억의 콜라주로 바꿔준 거예요. 이 노래의 가사를 '떼창'해주던 여러분을 바라본 추억, 여러분이 일기에 노래 가사를 적은 사진을 찍어서 보내줬던 추억, 여러분의 손목 살갗 아래 이 노래의 가사가 새겨져 있던 추억. 그렇게 여러분은 「All Too Well」을 변화시켰어요.

—2018년 12월 31일, 『Reputation』 스타디움 투어

사람들은 허구한 날 결혼이니 연애니 그런 얘기들을 하면서 연애에는 노력이 필요하다느니, 서로를 기쁘게 하고 놀라게 해줄 새로운 방법들을 생각해내야 한다느니 말하죠……. 제가 맺은 가장 깊은 관계는 팬들과의 관계였어요. 그 관계를 유지하려면 노력을 해야 하고, 기쁘게 하고 놀라게 해줄 새로운 방법들을 계속 생각해내야 하죠. 앨범 하나를 좋아해줬으니까 다음 앨범도 똑같이 만들면 좋아해주겠지, 그렇게 지레짐작하면 안 되죠. 작년에 팬들이 자기 인생 한편에 저를 들여줄 만큼 너그러웠다고 해서 올해도 그걸 원할 거라 지레짐작해서도 안 돼요. 이 중요한 관계는 자양분을 주고 가꿔야만 해요.

—2014년 11월 6일, 〈야후!〉

팬들을 만나면 모르는 사람 같지 않아요. 저와 같은 생각이라는 걸 이미 알고 있는 사람에게 안녕, 하고 인사하는 느낌이죠.

—2011년 8월 9일, 〈CMA 뮤직 페스티벌:
컨트리의 밤에서 록으로CMA Music Festival: Country's Night to Rock〉 기자간담회

(팬들과의 관계에는) 다른 무엇보다도 우정의 요소가 많이 있어요. 언니 동생 같은 사이일 수도 있고요. 아니면 "안녕, 우리 동갑이구나"라고 말하는 관계일 수도 있어요. 첫 앨범이 나왔을 때 우리는 둘 다 열여섯 살이었고 그 후로 함께 성장했으니까요.

—2013년 11월 25일,《뉴욕》

처음 보는 사람 150명과 일일이 인사를 나눠야 한다니 딱하다고 생각하실 수도 있죠. 마지못해 억지로 하는 일이라고 생각한다면 말이에요. 하지만 실상을 알면 놀랄걸요. 꼭 한 시간 내내 이야기를 나눠야 의미 있는 대화가 되는 건 아니거든요. 팬 미팅을 해본 적 없는 사람한테는 이상하게 보일지 몰라도, 10년이 지나면 현장에서 느끼는 행복감을 소중하게 여기는 법을 배우게 돼요. 그 행복은 귀하고도 짧고, 저에게는 과분하거든요.

—2015년 10월 15일,《GQ》

매일 밤 빠짐없이 팬 미팅을 여는데, 그때마다 한 무리의 여자아이들이 저에게 달려와서 휴대폰을 내밀며 말해요. "제 전 남자친구가 방금 무슨 문자를 보냈는지 좀 보세요." 그들이 제 친구라는 사실이 정말 좋고, 우리가 서로를 이해한다는 사실도 정말 좋아요. 제가 만들고 싶은 음악을 만들 수 있기 때문에, 우리가 서로를 이해할 수 있는 거거든요.

—2011년 1월 28일, 빅 머신 레이블 그룹 파티

어떤 옷을 입고 오라고 말하지도 않았는데 여자애들이 곱슬머리에 선드레스를 입고 카우보이 부츠를 신은 차림으로 공연장에 오면 그렇게 좋을 수가 없었어요. 그런 옷을 입던 저, 곱슬머리를 한 제 괴짜 시절을 기억하거든요.

—2009년 6월 22일, 《마리 끌레르》

제 팬들의 한 가지 특징이라면 옷을 잘 차려입는 걸 정말 좋아해요. 코스프레 말이에요. 제 뮤직비디오에 나오는 캐릭터들처럼 차려입어요. 그래서 관중을 보면 그 사이에 「You Belong with Me」 뮤직비디오에 나오는 캐릭터로 꾸민 사람도 있고 「Love Story」에 나오는 캐릭터처럼 꾸미고 온 사람도 있죠. 뜬금없이 바나나 의상을 입고 온 사람도 있는데, 이유는 모르겠네요……. 전 그게 정말 재밌다고 생각해요. 팬들이 갈수록 점점 더 터무니없는 코스프레를 하고 오면, 그걸 보고 저는 또 점점 더 터무니없는 의상을 입고 뮤직비디오를 찍게 되는 거예요.

—2012년 10월 29일, 〈비보 서티파이드Vevo Certified〉 비디오

우리는 뒷줄에 앉은 사람들에게 상 주는 걸 좋아해요. 아니면 공연에서 저에게 인사할 기회가 없다고 생각했던 사람들이나 응원 문구를 들고 의상을 차려입고 치덕치덕 물감을 칠한 티셔츠를 만들고 미친 짓을 하는 팬들에게 상을 주죠. '사기 진작 시상식' 같은 거예요. 그런 사람들을 모아서 공연이 끝나면 백스테이지로 불러요.

—2012년 10월 22일, 《데일리 비스트》

어렸을 때는 브로드웨이 뮤지컬에 완전히 빠져 있었어요. 제가 공연의 연극적 본질을 많이 보여줄수록 관객들이 자기 삶으로부터 조금 더 멀리 도피할 수 있겠죠.

—2014년 11월 13일, 《타임》

제가 요즘 고심하는 문제는, 관객 한 사람 한 사람이 제가 무슨 의상을 입고 나올지를 알고 있고, 또 정말로 원한다면 셋리스트까지 알아낼 수 있다는 거예요. 그래서 특별 게스트를 초대하기 시작했어요. 무대에 서달라는 부탁에 좋다는 답을 받아내는 일은 제 생각보다 훨씬 쉬웠죠. 아무한테도 억지로 강요하고 싶지는 않았어요. "제발, 제발요!" 하고 매달리지도 않았죠. 그렇지만 그들은 현장에 가보지 않고도 자신들이 무대에 올라가면 관중이 놀라 자빠질 테고, 환호성을 질러댈 테고, 함께하는 모든 이에게 찬란한 순간이 되리라는 걸 깨닫기 시작한 거예요.

—2015년 12월 20일, 『1989』월드 투어 라이브

『1989』 시크릿 세션이라는 걸 몇 달 전에, 앨범이 나오기 한참 전에 했는데요. 인스타그램, 텀블러, 트위터에서 팬들을 선정하는 데만 몇 달이 걸렸어요. 크나큰 응원을 보내주면서 절 만나려고 시도하고 또 시도했던 사람들이었죠……. 그래서 미국에 있는 제 모든 집과 런던의 호텔 방에서 89명의 팬들을 거실로 초청해 앨범 전곡을 들려주고 그 노래들의 뒷이야기를 들려주었어요. 그리고 "있잖아요, 이 경험이 어땠는지는 밝혀도 좋지만 부디 이 앨범의 비밀은 비밀로 남겨주세요"라고 부탁했죠.

—2014년 10월 31일, 〈올 싱스 컨시더드〉

선물 패키지를 보내줄 사람들을 선정할 때는 팬들의 소셜 미디어 계정에서 지난 6개월의 기록을 보고 뭘 좋아하는지 어떤 일을 겪고 있는지 알아봐요. 사진을 좋아하나? 그럼 1980년대의 폴라로이드 카메라를 보내주죠. 빈티지를 좋아하나? 그럼 앤티크 숍에 가서 1920년대의 귀걸이를 사 줘요……. 사람 대 사람으로 팬들을 알게 되면 제가 하는 일이 특별하고 신성하고 중요하다는 실감을 하게 돼요.

—2015년 5월 23일, 《텔레그래프》

스위프트의 집에 초대를 받은 팬들의 모습 (2017)

이스터에그 사냥은, 팬들이 재미없다고 생각하면 그만둘 거예요. 하지만 재밌어하는 것 같아요. 음악으로 말하자면, 저는 듣는 경험을 단순히 오디오에 국한하지 않고 확장하려 노력해요. 상징적으로 느껴지거나, 보물찾기처럼 느껴지거나, 뭔가 두뇌 게임처럼 느껴지는 체험으로 바꿀 수 있다면 어떨까 하는 점은 늘 염두에 두고 생각해야 할 목표예요. 그러니까 제 능력이 닿는 한 다층적인 수준에서 엔터테인먼트를 제공하고 싶은 거죠.

—2019년 5월 1일, 〈비츠 1〉

제 팬들은 저를 놀려요. 그게 정말 멋지죠. 모두 제가 바보 짓을 하거나 무대에서 발이 걸려 넘어지는 움짤을 가지고 있어요. 그들은 저에게 유머 감각을 돌려주죠. 가끔 저는 너무 심각해지거든요……. 그러면 팬들이 다시금 "좋아, 내가 뭐 그렇게 어려운 일을 하고 있다고. 그냥 진정하고 마음을 가라앉히면 돼" 하는 마음가짐으로 되돌려주는 거예요.

—2015년 5월 23일, 《텔레그래프》

비정상적인 상황에서 평범한 세계관, 평범한 태도, 평범한 마인드를 유지하려는 싸움이 제겐 관건이에요. 그래서 하는 일 중 한 가지가 온라인에 접속해서 팬들의 인스타그램이나 트위터, 텀블러를 보면서 그들의 삶이 어떤지 보는 거예요. 그러면 아주 이상한 저의 인생에 정상적인 감각이 좀 돌아오거든요.

—2014년 10월 9일, BBC 〈라디오 2〉

제가 했던 모든 일은 팬들을 위한 거였어요. 헤드라인에 오르려고, 또는 이런저런 잡지 커버를 차지하려고 굳이 애쓸 필요가 없었어요. 그냥 예전에 생각지도 못했던 방법으로 팬들에게 가닿을 길만 생각하면 되었죠. 저와 팬들의 관계는 정말로 『Reputation』을 거치면서 단단해졌고, 덕분에 그 시기를 제 인생에서 가장 아름다운 시절이었다고 돌이켜볼 수 있게 되었던 거예요. 그때 깨달았죠. 내가 있고 팬들이 있어서, 내가 이 일을 즐겁게 할 수 있는 거라고.

—2019년 5월 1일, 〈비츠 1〉

모든 게 달라졌다

변화하는 음악산업

매니지먼트 회의에서 제가 내리는 결정 하나하나가 앞으로 1년 반의 인생을 좌우해요. 내년 이맘때 제가 어디 있을지 저는 정확히 알고 있죠. 그건 제가 한 주도 빠짐없이 매니지먼트 회의에 들어가 앉아서 모든 일정을 짜고, 지금 이 시점의 제 경력에서 옳다고 느껴지는 바를 근거로 결재하거나 반려하기 때문이에요.

—2011년 12월 2일, 《빌보드》

어떤 예술가들은 철저히 우뇌형이라서 충동적이고 예술적이지만 비즈니스 측면을 이해하지 못해요. 또 어떤 예술가들은 철저한 비즈니스형인데 육감적이지는 못해서 예술적 영감이 뛰어나진 않죠. 저는 라이언 테더^{Ryan Tedder}와 함께 앉아서 곡 작업을 할 수 있고, 끝나면 점심시간에 투어 날짜, 스케줄, 최선의 공연장을 의논할 수 있어요.

—2014년 10월 26일, 《선데이 타임스》

3~4년 동안은 운으로 성공할 수도 있어요. 우연이라는 게 있으니까요. 하지만 커리어를 계속 쌓으려면 열심히 힘들게 일해야 해요.

—2015년 10월 15일, 《GQ》

부모님에게 불타는 반항심을 가져본 적이 없다는 건 사실이에요. 그렇지만 다른 면에서 저도 반항을 하긴 했어요. 저를 육성 가수로 지켜보겠다는 제작사에 반항했고, 녹음 스튜디오에서 이래라저래라 하며 권력을 휘두르려는 사람들에게 반항했어요. 저는 밖에 나가서 술에 취하는 것보다는 그런 게 언제나 더 흥분되고 짜릿했거든요.

—2009년 4월 26일, 《텔레그래프》

음악산업이 변화하고 있고 앞으로도 변화하리라는 사실을 아주 잘 알고 있어요. 저는 그 변화에 마음을 열어두고 있고요. 발전에도 열린 마음을 갖고 있어요. 지금 자리 잡은 수익 창출 모델에는 관심이 없어요. 음악산업에서 일하는 우리가 협업해서 기술과 도덕성을 합일할 길을 찾아야 한다고 저는 진심으로 믿고 있어요.

—2014년 12월 12일, 빌보드 여성음악인상 시상식

음악은 예술이고 예술은 중요하며 희귀해요. 중요하고 희귀한 것은 가치 있죠. 가치 있는 것은 대가를 치르고 사야 해요. 저는 음악이 공짜여서는 안 된다는 의견을 견지하고, 예술가 개개인과 소속사들이 언젠가 앨범 가격을 결정하는 시점이 오리라고 예상해요. 그때 그들이 자기 자신을 과소평가하고 자기 음악의 가치를 낮게 잡지 않기를 바랍니다.

—2014년 7월 7일, 《월스트리트 저널》

저는 우리가 젊은 세대에게 음악이라는 애매한 관념을 가르칠 게 아니라 음악에 투자하는 행위의 가치를 가르쳤으면 좋겠다고 바랄 뿐입니다. 스트리밍을 위시한 미래의 플랫폼들이 음악의 창작자, 뮤지션, 프로듀서 들에게 공정한 보상을 해줄 길을 찾아내야 한다고 생각해요.

—2014년 12월 12일, 빌보드 여성음악인상 시상식

음악을 만들고 싶은 사람, 지금 피아노 수업을 받고 있는 아이, 그 누구든 그들이 들어가서 일할 업계가 있기를 바라요.

—2015년 12월 13일, 〈비츠 1〉

비츠 뮤직Beats Music과 랩소디Rhapsody에서는 제 앨범에 접속하려면 프리미엄 패키지 가격을 지불해야 해요. 그럼으로써 제가 창조한 가치에 대한 인식이 자리 잡게 됩니다. 스포티파이에서는 누가 어떤 음악을 갖게 되는지에 관해 아무 설정도 조건도 없어요. 저는 사람들이 뮤지션들이 창조한 음악에 가치가 있다고 느끼길 바라고, 그건 양보할 수 없어요.

—2014년 11월 13일, 《타임》

스포티파이처럼 새로운 것들은 모두 저에게 대규모의 실험처럼 느껴져요. 그래서 음악의 작사가, 작곡가, 프로듀서, 아티스트 들에게 제대로 보상한다는 느낌이 들지 않는 실험에 제 삶을 쏟아 넣은 작품을 맡기기가 꺼려져요.

—2014년 11월 6일, 〈야후!〉

스포티파이에 『1989』를 올리지 않은 걸 충격으로 받아들이는 사람이 있을 줄은 몰랐어요. 아티스트들이 음악의 유통을 개인화하는 방식이 워낙 다양하기 때문에, 이런 일로 다른 사람들이 왈가왈부할 거라 생각하지 않았거든요. 그렇지만 다른 아티스트, 작사가, 작곡가, 프로듀서 들이 이토록 많은 메시지와 이메일, 전화 통화로 감사의 마음을 전해올 줄은 정말 꿈에도 생각 못 했어요.

—2014년 12월 17일, 《할리우드 리포터》

애플뮤직이 신규 가입자에게 공짜로 3개월 체험권을 준다는 사실은 잘 알고 계시리라 생각합니다. 하지만 애플뮤직이 작사가, 작곡가, 프로듀서, 아티스트 들에게 그 3개월에 해당하는 비용을 지불하지 않는다는 사실도 아시는지는 잘 모르겠군요. 저는 이것이 충격적이고 실망스러울 뿐 아니라 진보와 관용의 역사를 지닌 이 회사와는 전혀 어울리지 않는 행보라고 생각합니다.

—2015년 6월 21일, 애플뮤직에 보낸 공개서한

애플뮤직의 계약 조건을 방금 친구들에게 보냈는데, 한 친구가 조항 일부를 캡처해서 저에게 보내더군요. "저작권 소유자에게 0퍼센트의 보상"이라는 조항을 읽었습니다. 이따금 한밤중에 눈을 번쩍 뜨고 일어나 곡을 쓰기 시작해서 다 쓰기 전까지 잠이 오지 않는 경우가 있는데, 애플뮤직에 보낸 공개서한을 쓸 때 딱 그랬어요.

—2015년 8월 11일, 《배니티 페어》

애플은 저를 그들이 실제로 아끼는 창작자 공동체를 대변하는 목소리로 대접해줬어요. 그래서 정말 아이러니라는 생각이 들었죠. 수십억 달러 규모의 회사는 비판을 겸손하게 받아들인 반면, 현금 흐름이 없는 스타트업―스포티파이―은 비인간적인 대기업처럼 비판에 맞섰다는 게 말이죠.

―2015년 8월 11일,《배니티 페어》

음악산업의 몰락을 예측하는 사람들이 생각하지 못하는 점은 아직도 매일 아이들을 차로 학교에 데려다주면서 CD를 틀고 함께 듣는 사람들이 전국에서 어마어마한 지분을 차지한다는 거예요. 이 사람들의 자동차 CD플레이어에는 CD가 들어 있어요. 음악산업이 달라지고 있고 스트리밍으로 음악을 듣는 사람이 아주 많다는 것을 잘 알고 있어요. 하지만 아직은 안 그러는 사람도 많아요.

―2014년 10월 31일,〈올 싱스 컨시더드〉

타깃*은 언제나 환상적인 파트너였어요. 정말로 아티스트에게 투자를 아끼지 않고, 앨범의 아이디어에도 투자한다고 생각해요. 사람들은 앨범 판매가 사양길에 접어들었다고들 하지만, 타깃 같은 파트너와의 관계는, 그러니까 그런 파트너가 있다면 말이죠, 언제나 그들이 하는 일의 최전선에 제 앨범을 놓아주고 정말로 앨범을 축하하면서 높이 평가해주거든요. 그게 저는 정말로 좋아요.

—2012년 10월 22일, 『Red』 타깃 디럭스 에디션 발매 기념 파티

저는 음악산업의 현황에 대해 늘 아주 낙관적이고 의욕적이었는데, 다행히 제 팬들도 그랬어요. 팬들은 음악에 기꺼이 투자할 자세와 의지가 있음을 보여주었고, 열심히 일해서 번 돈으로 음악을 샀어요. 저는 그 사실 자체가 엄청난 선언이라고 생각해요. 특히 음악이 요즘 같은 상황에 처한 때라면 더욱이요.

—2014년 11월 11일, ABC 〈굿모닝 아메리카Good Morning America〉

---

* 미국의 슈퍼마켓 브랜드.

앨범을 파는 게 그렇게 중요한 일이라면, 우리 모두 수준을 한 단계 높여서 첫 곡부터 끝 곡까지 훌륭한 앨범을 제작해야 하는 거죠. 저한테는 그래요. 하지만 벌써 포기한 아티스트도 많이 있어요. 제 친구들 중에도 도저히 승산이 없다고 생각하는 이들이 있는데, 저는 그게 몹시 패배주의적인 세계관이라고 느껴요.

—2015년 5월 23일,《텔레그래프》

음악산업이 이토록 빨리 변화하는 방식을 보면, 모든 대규모 발매 앨범에서, 사람들과 연결되는 모든 지점에서 배울 것이 있다고 생각해요……. 우리가 어서 시작해야 할 일은 앨범 발매 일정을 우리의 커리어, 우리의 팬들에게 맞추는 거예요. 그래서 정말로 팬들과 조화롭게 어우러지는 거죠. 저는 매일 밤 하루도 빠짐없이 인터넷을 몇 시간씩 들여다보면서 이 사람들이 저에게서 원하는 게 뭔지를 파악했어요.

—2014년 10월 31일, 〈올 싱스 컨시더드〉

예전에 사람들이 레코드플레이어 주위에 모여 앉아 음악을 들었던 걸 생각해보면⋯⋯ 정말 사교적인 행사였던 것이거든요. 그래서 오늘날 우리에게는 음악을 다시 사교적 행사로 돌려놓을 책임이 있다고 생각해요. 요즘은 한 곡의 노래를 사람들이 그냥 듣는 데 그치지 않고 기억에 새겨 넣거나 친구들과 이야기할 만한 무언가로 다시 돌려놓을 통로들이 너무나 많아졌으니까, 그게 정말 신나는 일이죠.

—2019년 4월 29일, 〈카일 앤 재키 오 쇼The Kyle&Jackie O Show〉

우리 세대는 따분해지면 채널을 휙휙 돌릴 수 있게 길러졌고, 마음이 급하면 책의 마지막 장을 먼저 읽죠. 우리는 예상치 못한 놀라움과 기쁨을 원하고, 끝이 났을 때 경이감에 넋을 놓길 바라요. 저는 다음 세대의 아티스트들이 관객들을 긴장시키고 기대감에 까치발로 기다리게 만들 혁신적인 방법들을 계속 생각해내기를 희망해요. 그건 엄청난 도전이 되겠지만 말이죠.

—2014년 7월 7일, 《월스트리트 저널》

우리 산업의 미래를 놓고 소속사와 제 의견이 일치한다는 게 저에게는 정말로 중요합니다. 스트리밍의 세계가 창출하는 새로운 기회들과 수시로 변화하는 음악산업은 저에게 크나큰 동기를 부여해주거든요……. 그러나 한편으로는 스트리밍 산업의 출범과 번영은 아티스트, 창작자, 프로듀서들이 창조한 마술에서 비롯된다는 점을 강력하게 주장하고 싶어요.

—2018년 11월 19일, 인스타그램 게시물

유니버설 뮤직 그룹과 새로 계약하면서 저는 회사의 스포티파이 지분에서 발생하는 매출을 훗날 회수하지 않는다는 조건으로 소속 아티스트들에게 전액 분배하도록 요청했습니다……. 저는 이것이 창작자들을 위해 긍정적인 변화가 이뤄지고 있다는 징표라고 생각합니다. 이 목표 달성을 돕기 위한 노력을 저는 결코 멈추지 않을 것입니다.

—2018년 11월 19일, 인스타그램 게시물

제멋대로 생각하라지

셀럽과 논쟁

누구나 저에 대해서 각자 원하는 대로 생각해도 돼요. 저를 생각해주기만 하면 돼요.

—2007년 12월 3일,《컨트리 위클리Country Weekly》

물건 하나를 팔면 그 순간 우리는 브랜드가 되는 거예요. 그러니까 그 사실을 인정하고 받아들이든가 부정하고 그런 일은 없는 척 살든가 둘 중 하나만 할 수 있어요.

—2012년 10월 26일, 〈ABC 뉴스〉

저는 개인적 시간과 일하는 시간을 지나치게 구분하고 따지지는 않으려고 애써요……. 이 일은 제가 평생 살아오면서 바라왔던 거예요. 제가 원했던 단 한 가지예요. 그리고 실제로 제가 이 일을 하게 됐다는 사실만으로도 삶을 불평하게 되지는 않을 것 같아요.

—2009년 4월 24일, 《타임》 비디오

좋게 포장한 홍보를 지나치게 믿어서도 안 되고, 부정적인 언론을 지나치게 믿어서도 안 돼요. 우리는 그 사이 어딘가에서 사는 거예요.

—2015년 8월 11일, 《배니티 페어》

저를 모르는 사람이 아무도 없는 단계로 인생이 올라서면 인식의 전환이 따라야 한다고 느껴요. 생각의 초점을 이 방향으로 맞춰야 하는 거죠. '지금 당장 쇼핑을 가야겠어. 사람들이 나를 알아보기 전처럼 금세 끝나지는 않을 거야. 시간이 두 배로 걸리겠지. 하지만 나는 괜찮아. 이건 내가 원했던 거고, 나는 실제로 삶에서 원했던 바를 이룬 소수의 행운아니까.'

—2009년 5월, 〈더 핫 데스크〉

스타디움 공연과 거리를 걷는 것 중에서 고르라면…… 스타디움 공연을 고르겠어요. 이건 물물교환이에요. 한 번에 두 길을 다 걸을 수는 없잖아요. 하나를 골라야죠. 그래서 걷게 된 길이 마음에 들지 않으면 방향을 바꿔야 해요. 그 자리에 주저앉아서 "아, 세상의 좋은 것만 다 차지하고 나쁜 건 전부 멀리하면 얼마나 좋을까" 이럴 수는 없잖아요. 그렇게 돌아가는 게 아니니까요.

—2015년 10월 9일, 《NME》

재미있는 것도 좋고, 행복한 것도 좋아요. 인생에서 어느 정도 즉흥성의 여지를 두고 마음 내키는 대로 떠나버리는 것도 좋아요. 그런데 그건 아티스트로서의 제 생각이고, 다른 한편으로 제가 하는 모든 행동에 혹독한 현실이 따른다는 사실을 이해하고 있어요.

—2012년 11월 9일, 노르웨이·스웨덴 토크쇼 〈스카블란Skavlan〉

그날 도저히 사람들과 이야기를 나눌 기분이 아니면 외출하지 않아요. 아침에 일어나면 스스로 물어봐요. 오늘은 내 기분이 어떻지? 누가 사진을 요청했을 때 내가 지금 신경 쓰는 일이 있어서 강요받는 기분이 들 것 같은가? 죄 없는 열네 살짜리한테 내 기분을 풀어버리고 성질을 내지 않을까? 그래, 안 되겠다. 아무래도 오늘은 집 밖에 나가지 말아야겠어, 그러는 거죠.

—2014년 10월 20일, 《에스콰이어》

자식을 낳을지는 잘 모르겠어요. 어떤 시나리오들을 떠올리지 않을 수 없거든요. 아기 때부터 낯선 남자들이 거대한 카메라를 들이댈 게 분명한데, 어떻게 그걸 평범한 인생이라고 설득할 수 있겠어요.

—2014년 11월, 《인스타일》

수백만 명에 달하는 사람들이 제가 얼마나 복잡한 인간인지 생각해줄 만큼 시간적 여유가 없다는 현실을 잘 알고 있어요. 일 때문에 바쁘고 아이들도 있고 남편도 있고 남자친구나 친구들도 있으니까요. 그래서 유명인을 묘사할 때 두세 개의 형용사를 떠올릴 시간밖에 없는 거예요. 그러니까 그건 괜찮아요. 그 세 개의 형용사가 '대참사, 엉망진창, 형편없어'만 아니면 돼요.

—2014년 10월 20일, 《에스콰이어》

모든 사람이 제 성격의 이런저런 면모만 아는 데서 오는 불균형이 있어요. 그 사람들은 저를 안다고 생각하고, 제 고양이 이름이나 그런 것들도 알거든요. 하지만 막상 저는 그 사람들을 처음 만나죠.

—2015년 12월 13일, 〈비츠 1〉

친구들에게는 저를 편집해서 보여주지 않아요. "스위프트의 가까운 지인에 따르면"이라고 쓴 타블로이드 기사는 읽어보면 늘 틀렸어요. 제 친구들은 아무도 떠들지 않지만 '모든 걸' 알고 있지요.

—2015년 8월 11일, 《배니티 페어》

이야깃거리를 하나 주면 사람들은 50배로 부풀리고 저에 대한 온갖 자극적인 이야기들을 꾸며내지요. 아예 이야깃거리를 하나도 주지 않으면 0을 곱해봤자 0이니까요.

—2014년 10월 10일, 〈그레이엄 노턴 쇼The Graham Norton Show〉

비밀 유지 계약Non-Disclosure Agreement보다 효과적인 걸 찾아냈는데 뭔지 아세요? 눈을 똑바로 들여다보면서 "부탁인데 이 일은 아무한테도 말하지 말아주세요"라고 말하는 거랍니다.

—2014년 9월 8일, 《롤링 스톤》

루머를 흩어버리는 정말로 손쉬운 방법이 많이 있어요. 제가 아기를 가졌다고 하면, 계속 임신하지 않고 있기만 하면 되죠. 제 우정이 가짜라는 루머가 돌면 계속 친구들과 서로의 편이 되어주기만 하면 되고요. 그렇게 15년이 지나 우리가 여전히 친구로 지내면서 아이들을 같이 키우게 되면, 아마 누군가 과거를 돌아보며 말할 거예요. "그때 테일러와 친구들을 두고 했던 얘기는 좀 터무니없었어"라고요.

—2016년 4월 14일, 《보그》

저의 제일 친한 친구들을 보면 정말이지 놀라운 일을 하고, 세상에서 가장 멋진 것들을 창조하고, 여성들과 소녀들에게 최고의 모범이 되고 있단 말이에요. 그런데 바로 그 이유로 가장 큰 표적이 되곤 하죠.

인간한테는 정말 어두운 면이 있고 특히 인터넷에는 아주 시커먼 구석이 있어요. 그 사람들은 좋은 일을 하는 사람을 끌어내릴 수 있다면 그게 가장 돈이 된다는 걸 알고 있죠.

—2014년 10월 27일, 《더 선》

많은 셀럽이 심리적으로 불안해하고 아예 먹지도 않으려 드는 이유는 날마다 자기 사진을 너무 많이 보게 되기 때문이라고 생각해요. 자기 이미지를 하루에 얼마나 많이 보는지 몰라요. 끝도 없이 보게 돼요. 그건 건강하지 않죠. 계속 보다 보면 사진을 찢어버리는 지경에 이르고 어떤 날에는 자기가 예쁘다는 생각마저 할 수 없게 돼요.

—2009년 7월 1일, 《글래머》

작곡가로서는 제가 어떤 사람인지 상당히 잘 알고 있다고 생각하지만, 다른 눈으로는 사람들이 저를 어떻게 생각하는지, 저에 대한 전반적인 인식이 어떤지 살펴봐야 한다고도 생각해요. 그래서 음, 지난 2~3년간 제 개인사에 대해서 상당히 자극적인 거짓 소문이 돌아다녔다는 것도 알고 있어요. 그러니까 어느 정도냐 하면 "와우, 그렇게까지?"라는 소리가 절로 나올 정도였죠.

—2018년 12월 13일, 『1989』「Blank Space」 코멘터리

(빅 머신 라디오 릴리스 스페셜)

열아홉 살 때의 저에게 말할 수 있다면, 그냥 "있잖아, 너는 그냥 평범한 이십대가 할 만한 데이트를 하겠지만 피뢰침처럼 전국에서 헤픈 여자라는 욕을 끌어모으게 될 거야"라고 얘기할 거예요.

—2016년 4월 19일, 《보그》 〈테일러 스위프트와 73가지 질문〉 비디오

제가 데이트했다고들 생각하는 남자들의 슬라이드 쇼는 보기 싫어요. 시상식에서 코미디언들이 저에 대한 농담을 할 기회를 주기도 싫어요. "조심해, 이 친구야. 저 여자가 너에 관한 노래를 쓸 거야"라는 헤드라인이 뜨는 것도 싫어요. 제 일을 하찮게 비하하기 때문이에요. 그리고 무엇보다 이 모든 요소가 합쳐져서 새로운 연애에 어마어마한 압력으로 작용해 사랑이 시작될 기회조차 없이 훅 꺼져버리는 게 싫어요.

—2014년 9월 8일, 《롤링 스톤》

그런 유의 여흥거리를 기꺼이 제공하지는 않겠다고 결심했어요. 데이트를 하러 나가서 그 사람들이 사진을 찍을 기회를 주거나 제 신체언어를 놓고 왈가왈부하게 두지 않겠다고요. 누군가의 옆자리에 앉아서 5분간 플러팅하는 일도 절대 없을 거라고요. 바로 다음 날 그 남자가 제 남자친구라는 루머가 돌 테니까요. 제가 이야기를 다시 빼앗은 거예요.

—2015년 2월 13일, 《보그》

제 사생활에 대해서 뭐라고 떠들어도 괜찮아요. 제 사생활이 어떤지는 제가 알고 있으니까요. 텔레비전과 고양이들과 여자 친구들이 다란 말이에요. 하지만 제가 쓰는 노래들을 싸구려로 치부하기 시작하면 그건 싫어요. 그건 농담거리가 될 수 없는 일이기 때문이에요.

—2014년 8월 23일, 《가디언》

저는 제 사생활이 정말로 사람들한테 토론과 비판과 논쟁과 수닷거리가 되었다고 느껴요. 제가 어떤 면에서 더럽혀졌다는 느낌을 받는 지경이 되더라고요, 아시겠어요? 그들의 토론 주제는 음악이 아니었어요. 그래서 제가 자랑스러운 앨범—『Red』—을 만들어서 월드 투어를 하고 스타디움을 매진시키고 있는데도 저들은 제 사생활 얘기만 하고 싶어 한다는 현실이 너무 마음 아팠어요……. 『1989』 녹음의 끝 무렵에야 다시 제가 제 인생의 주인이 되었다고 느끼기 시작한 것 같아요. 제 음악이 다시 전면에 나서고 저는 원하는 대로 살게 되었죠. 그래서 사람들이 저를 두고 하는 말에 더는 신경 쓰지 않게 됐어요. 그때 비로소 사람들이 중요하지 않은 일에 대한 얘기를 덜 하게 되었다는 게 제 눈에도 보이기 시작했어요.

—2018년 12월 13일, 『1989』 「Clean」 코멘터리

(빅 머신 레코드 릴리스 스페셜)

전 차라리 제 사생활에 대한 노래를 지어서 들려주면 좋겠어요. 제가 무슨 잡지 기사 같은 데서 떠드는 것보다는 훨씬 좋게 들리잖아요.

—2012년 10월 6일, 〈조너선 로스 쇼〉

제가 사는 작은 도시 헨더슨빌—내슈빌 교외—에는 자기에 대한 노래가 있다고 생각하는 사람들이 너무너무 많아요. 커다란 세상으로 나가서 이 많은 사람과 투어를 하고 돌아와도 그곳은 여전히 작은 도시고 아직도 그 일로 뒤에서 쑥덕거리거든요. 모두가 제일 좋아하는 이야깃거리인 것 같아요. 제 노래들이 누구를 두고 쓰인 것인가 하는 게요.

—2007년 7월 25일, 《엔터테인먼트 위클리》

싱어송라이터로서는 마음을 열어두고 아픔을 강렬하게 느낄 수 있는 취약한 상태를 유지해야 한다고 생각해요. 그런데 셀럽으로서는 감정적 벽을 둘러치고 저에 관해서, 또 저를 향해 던져지는 끔찍한 말들을 차단하는 게 좋다고들 하죠. 앞뒤가 맞지 않는 말들이잖아요. 그래서 저는 둘 사이에서 외줄타기를 하려고 노력하고 있어요.

—2014년 10월 9일, BBC 〈라디오 1〉

노래 한 곡을 내놓고 영화 한 편에 출연했을 때는 실감하기 어렵지만, 어찌 되었든, 인정하든 외면하든 이제 롤 모델이 된 거예요. 그래서 저는 기꺼이 받아들이는 쪽을 선택했어요. 어떤 아이의 엄마가 저에게 와서 "여덟 살짜리 우리 딸이 당신의 음악을 들어요. 아이가 당신을 우러러보는데, 너무 멋진 일이라고 생각해요"라고 말해주면, 세상에 그보다 더 큰 영광은 없다는 느낌이 들거든요.

—2008년 11월 11일, 〈엘런 디제너러스 쇼〉

자기 행동에 확실히 책임을 지고 믿음직하게 처신하면, 자연스레 어느 순간 아이를 키우는 부모들이 다가와서 고맙다는 인사를 건네와요. 그러면 "어머, 당연하죠!" 하면서 신기한 마음이 들어요.

—2014년 10월 27일, 〈테일러 스위프트 1989〉

언젠가 운이 좋아서 손자 손녀를 두게 되면—그 애들이 옛날 사진이며 영상 같은 것들을 보고 뭐라고 할까 생각해요. 틀림없이 제 서투른 모습을 놀리거나 하겠지만 그 애들이 부끄러워할 짓은 하고 싶지 않아요.

재밌어요. 롤 모델에 관련된 질문과 마찬가지거든요. 그러니까, '너는 롤 모델이니? 살면서 숱한 일들을 할 때 맨 앞줄에 앉은 어린아이들을 생각하니?'라고 스스로 묻는 거죠. 쓸데없는 부담을 자처하는 것 같지만 제 인생, 제가 훗날 남길 이름에 관한 문제로 바꾸면 더 쉬워요. 그 문제를 집안으로 끌고 들어와서 '언젠가 나한테 다섯 살짜리 아이가 생긴다면 어떨까?' 하고 묻는 거죠.

—2014년 10월 27일, 〈테일러 스위프트 1989〉

베이비시터 클럽 전국 회장이 된 느낌이 좋지만은 않지만, 선행을 하고 그 영향이 잔물결처럼 퍼져나가게 하면서 사회의 문화에 좋은 메아리를 퍼뜨리기 위해 노력하고 싶어요.

—2014년 10월 27일, 〈테일러 스위프트 1989〉

제가 반바지를 입으면 갑자기 최신 유행이 된다니 정말 신기한 발상이지 뭐예요. 하지만 긍정적인 면을 보자면, 제가 성장할 여지가 생기는 것이기도 해요. 대단히 뭘 하지 않아도 사람들에게 충격을 줄 수 있거든요.

—2012년 10월 25일, 《롤링 스톤》

다른 사람들은 파티를 하고 놀아도 귀엽고 에지 있는 게 되겠지만 제가 그랬다간 '미국의 총아가 탈선해서 이성을 잃었다'는 식으로 뒤틀려서 왜곡될 거예요. 그래서 그런 기사가 나오는 일은 결코 없도록 처신했고 그게 후회되지는 않아요.

—2014년 11월, 《보그》 영국

섹스를 하는지 안 하는지 같은 얘기는 무슨 말을 하더라도 사람들이 제 나체를 상상할 것만 같아요. 그래서 최대한 피할 생각이에요. 이건 진짜로 자기보호본능이에요.

—2009년 3월 5일, 《롤링 스톤》

경호원을 둔다는 생각을 아주 오랫동안 물리쳐왔어요. 저는 정말로 평범함을 귀하게 여기거든요⋯⋯. 저는 혼자 드라이브하는 게 좋아요. 그런데 못 한 지 6년이나 됐어요⋯⋯. 우리 집에 불쑥 나타나거나, 엄마 집에 찾아가거나, 절 죽이거나 유괴하거나 결혼하겠다고 협박하는 남자들을 파일로 보관하고 있는데, 그 수가 어마어마해요. 저는 제 삶의 이런 이상하고 서글픈 면을 생각하지 않으려 애써요. 대수롭지 않게 생각하려 하죠. 절대로 겁에 질리고 싶지 않거든요⋯⋯. 그리고 경호원들이 있을 때는 두려워할 필요가 없고요.

—2014년 10월 20일,《에스콰이어》

우리가 아쿠아맨이라는 별명을 붙인 남자가 있어요. 사실 나쁘게 얘기하고 싶지는 않아요. 그에게는 병이 있었거든요. 하지만 어쨌든 그 사람은 저와 결혼한 사이라고 믿었고 1마일쯤 되는 바다를 헤엄쳐 건너서 우리 집에 오겠다고 결심했어요. 그런데 경찰이 왔던가 해서 왔던 길을 다시 헤엄쳐 돌아갔죠. 사실 올림픽 수영선수가 됐어야 하는데 말이죠.

—2015년 2월 24일, BBC 〈라디오 1〉

제가 잘못한 일이 있거나 저한테 문제가 있을 때 그걸 찾아내면 얼마나 비싼 값으로 팔릴까, 그 생각을 하면 조금 무서워져요. 그러니까 어떤 순간에는 정말로 겁이 날 때가 있거든요. 예를 들면 제 호텔방 창문으로 누가 사진을 찍으려 하지 않을까 싶은 그럴 때요. 방에 들어가면 무조건 블라인드를 치고 살아야 해요. 그런 부분이 가끔 실감나서 울컥할 때가 있어요. 그러니까 날마다, 지금 이 순간에도 잡지 《TMZ》의 누군가가 제 쓰레기통을 뒤지면서 제가 뭘 잘못했나 찾고 있을 거예요.

—2015년 12월 13일, 〈비츠 1〉

카메라 프레임에 찍히는 건 꿈도 악몽도 될 수 있는데, 이를테면 이런 거예요. 고양이랑 하루 종일 집 안에 있었다든가, 아무튼 잘못을 하고 싶어도 할 수 없는 상황이었어요. 그런데 무슨 영문인지 제가 가본 적도 없는 데에 집을 산다거나 제가 만난 적도 없는 남자와 데이트를 한다는 기사가 나오는 거예요. 그런데 한 발 더 나아가서 악몽의 세계로 들어가면, 그 사진이 살인 표적이 되어 액자에 표구되는 거죠.

—2014년 10월 27일, 〈엘런 디제너러스 쇼〉

제 사고 과정은 대체로 이렇게 돌아갔어요. '우와, 내가 상을 받다니 믿기지가 않아! 너무 멋지다. 발이 걸려서 넘어지지는 말아야지. 팬들한테 감사 인사를 하게 될 거야. 이거 너무너무 근사한데! 어! 카녜이 웨스트가 여기 나왔네. 헤어 컷이 쿨한데……. 어, 뭐 하세요?' 그리고 다음 순간 '아야!' 그랬죠. 그러고 나서 '아무래도 팬들에게 감사 인사는 못하겠구나' 싶었어요.

—2009년 9월 15일, ABC 토크쇼 〈더 뷰The View〉

그 일은 정말로 빠르게 일어났고 저는 1초 만에 사태를 파악했어요. 제가 무대를 내려가는 사이 관객들이 야유하기 시작했는데 전 이유를 몰랐죠. 관중 전체가 야유하는 무대에 서본 적이 없거든요. 그래서 전 제가 뭔가 잘못한 줄 알고 정말 제정신이 아니었어요.

—2009년 11월 26일, NBC 선정 올해의 인물 소감 인터뷰

달려와서 제 편을 들어주고 트위터로 지지 의사를 표해준 사람들이 저를 위해 해준 일들에 집중할 거예요. 거기에, 오로지 거기에만 초점을 맞추려고 노력해요. 원망을 품고 싶지는 않거든요. 제가 정말, 정말, 정말 이상한 하루를 보냈을 때 모두가 저를 얼마나 친절하게 대해줬는지 그저 깊이 감사했을 따름이에요.

—2009년 11월 26일, NBC 선정 올해의 인물 소감 인터뷰

「Innocent」라는 노래는 감정적으로 저를 정말 크게 뒤흔든 어떤 일에 관한 곡이에요. 그래서 이 곡을 쓰는 데는 시간이 좀 걸렸어요. 그리고 운 좋게 MTV 비디오 뮤직 어워드에서 이 노래를 공연할 기회가 있었는데, 다른 사람한테 이 곡을 들려준 건 그때가 처음이에요. 그래서 자기 감정이 어떤지 알고 그 감정을 말해야 한다는 내용의 앨범 『Speak Now』를 출시하면서 꼭 그 시상식에서 이 곡을 공연해야겠다고 생각했어요.

—2018년 12월 13일, 『Speak Now』「Innocent」 코멘터리

(빅 머신 라디오 릴리스 스페셜)

카네이 웨스트가 저를 어떤 식으로든 존중하게 될 때까지는 저도 그와 친구가 될 준비를 할 수 없었고, 그 역시 저를 어떤 식으로든 존중하는 마음이 생길 때까지는 저와 친구가 될 준비를 할 수 없었다고 느껴요. 그러니까 문제는 하나였고 우리는 동시에 같은 지점에서 만났지요.

—2015년 8월 11일, 《배니티 페어》

2~3년 전, 누군가 소셜미디어에서 저를 뱀이라고 불렀는데 그 말은 전염성이 강했어요. 소셜미디어에서 저를 이런저런 이름으로 부르는 사람들이 아주 많았죠. 그 때문에 저는 한동안 정말 우울한 시간을 거쳐야 했고요. 이 일을 더 할 수 있을지 알 수 없는 지경까지 갔었어요. 무대에 뱀을 올린 건, 여러분에게 메시지를 전달하고 싶었기 때문이에요. 소셜미디어에서 욕을 하며 당신을 윽박지르려는 사람이 있다 해도, 심지어 다른 사람들까지 뛰어들어 같이 떠들더라도, 우리가 꼭 패배하고 꺾일 필요는 없어요. 오히려 더 강해질 수도 있는 거예요.

—2018년 5월 8일, 『Reputation』 스타디움 투어, 애리조나주 글렌데일

앨범 『Reputation』의 콘셉트 포토 (2017)

이 앨범—『Reputation』—이 나오면 가십성 블로그들이 가사를 샅샅이 뒤지면서 어떤 곡에 어느 남자를 갖다 붙여야 할까 찾을 거예요. 음악의 영감이 친부 유전자 테스트처럼 단순하고 기초적인 것도 아닌데 말이죠. 다 틀린 이론에 하나하나 근거랍시고 사진 슬라이드 쇼가 붙을 테고요. 왜냐하면 지금은 2017년이라 사진 없이는 존재하지 않았던 일이 되는 거잖아요, 아닌가요?

더 이상 해명은 없을 거예요.

그저 '평판'만 있을 거예요.

—2017년 11월 10일,《평판Reputation》

평판이 현실이 되는 때는 한 번뿐이에요. 평판 때문에 정말 진심으로 통한다고 느끼는 사람과 친해질 수 없을 때, 그때뿐이죠.

—2018년 6월 28일,〈테일러 스위프트 나우 시크릿 쇼〉

그녀의 평판이 죽음을 맞았을 때
그녀는 진정 살아 있다고 느꼈다.

—2017년 11월 10일,《평판》〈그녀가 잠적한 이유Why She Disappeared〉

앨범 초반부는 훨씬 더 강렬하고 과격해요. "오, 네가 나를 두고 무슨 말을 하든 개의치 않아! 내 평판을 왈가왈부해도 상관없어! 하나도 중요하지 않아! 메롱!" 이런 식이죠. 하지만 5번 트랙—「Delicate」—에 오면 '아, 어떡해. 살면서 정말로 원하는 사람을 만났는데 그 사람이 나를 만나기도 전에 들은 이야기 때문에 걱정부터 하면 어쩌지?' 하는 고민이 시작되는 거예요. 평판은 가짜고 사람을 알아가는 과정은 진짜인데 가짜가 진짜를 좌우하게 되면 어쩌지, 하고 걱정하게 되죠.

—2017년 10월, 『Reputation』 시크릿 세션

"해명은 없을 거야. 그저 평판만 있을 거야There will be no explanation. There will just be reputation"라는 말을 만들어냈다는 게 저 스스로도 상당히 자랑스러워요. 굳이 누구한테 해명해야 한다고 느끼지 않았기 때문에 저는 앨범을 설명하려 하지 않았어요. 지난 2~3년간 일어난 여러 일들은 정말, 정말로 끔찍하게 느껴졌어요. 그런데 그 감정을 그들에게 표현하고 싶지 않았어요. 말하고 싶지도 않았어요. 그냥 음악을 만들고, 투어를 떠나서 스타디움을 돌고, 제가 팬들을 위해 할 수 있는 일들을 모두 다 하고 싶었어요.

—2019년 5월 1일, 〈비츠 1〉

평판의 모든 면면, 평판이 미치는 영향, 실제로 평판이 나에게 주는 의미, 그런 것들을 다루는 앨범을 쓰는 내내 저는 친구들과 가족, 사랑하는 사람들에게 둘러싸여 있었어요. 그들은 어지럽게 오르내리는 대중의 평가 따위로 저를 덜 사랑하는 그런 사람들이 아니었죠.

—2018년 10월 9일, 아메리칸 뮤직 어워드 시상식

다시 쓰는 이야기

지금 말해요
정치적 목소리의 발견

열여덟 살이 되면 미친 짓을 저지를지도 몰라요. 나가서 투표를 할지도 모르죠.

—2007년 7월 25일, 《엔터테인먼트 위클리》

컨트리음악계가 여자들에게 편견이 있다고는 생각해본 적이 없어요. 편견이 섞인 시선을 받았다고 느낀 적이 없거든요. 그런 에너지가 느껴지지 않는 시기에 활동했으니 운이 좋았던 거죠. 그리고 저는 언제나 남자들과 같은 경기에서 뛰려면 그만큼 더 열심히 해야 한다고 생각했어요.

—2011년 12월 2일, 《빌보드》

문제를 남자 대 여자의 구도로 보지는 않아요. 한 번도 그런 적은 없어요. 부모님은 저를 키우면서 남자들만큼 열심히 하면 그만큼 성공할 수 있다고 하셨거든요.

—2012년 10월 22일, 《데일리 비스트》

제가 제일 좋아하는 사람 중에 케이티 커릭Katie Couric*이 있는데요. 언젠가 정말 좋아하는 명언이라면서—전 국무장관 매들린 올브라이트의—명언을 소개해줬어요. "지옥에는 다른 여자들을 돕지 않는 여자들이 가는 특별한 장소가 따로 마련되어 있다"라고요.

—2013년 3월 15일, 《배니티 페어》

---

* 미국의 선구자적 여성 저널리스트이자 작가, 프로듀서, 자선가. 여성 앵커 최초로 전국 네트워크 방송사 저녁 뉴스 프로그램의 단독 진행을 맡았다.

저를 미워했던 비평가에 대해 「Mean」이라는 노래를 썼어요. 그 곡을 발매했는데, 갑자기 학교폭력에 저항하는 노래가 되어버린 거예요. 신선하고 새로운 해석이었어요. 사람들이 저에게 여성의 권익을 증진한다는 얘기를 해주면, 정말 멋진 칭찬으로 느껴져요. 의식적으로 그러려던 건 아니거든요. 저는 제 감정으로 곡을 쓰니까요. 감정을 있는 그대로 드러내는 것 자체에 힘이 있다는 생각이 들어요.

—2012년 10월 22일, 《데일리 비스트》

정치와 페미니즘에 대해서는 배워야 할 것이 많아요. 거대하고 굉장한 관념들이 얼마나 많은지요. 모두가 논하는 그런 대단한 화두들을 언젠가는 꼭 제대로 배우고 싶지만, 지금은 아기 걸음마 수준이란 말이에요. 그래서 제대로 교육받고 의견을 정립하기 전까지는 그런 얘기를 할 수 있을지 모르겠어요.

—2012년 11월 19일, 《엘르》 캐나다

스물두 살이 되니까, 저한테 투표할 권리는 있어도 다른 사람들에게 이래라저래라 할 권리는 없다고 느껴요.

—2012년 10월 23일,
〈레이트 쇼 위드 데이비드 레터만Late Show with David Letterman〉

예전에는 공공연하게 정치적 의견을 표명하는 일은 삼갔어요. 그렇지만 지난 2년간 제 인생과 세계에 있었던 여러 일들을 거치고 나니 지금은 생각이 아주 달라졌습니다. 저는 과거에도 그랬고 앞으로도 인권을 옹호하는 후보에게 제 표를 던질 거예요. 이 나라의 모든 국민이 인권을 보호받을 자격이 있다고 믿기 때문입니다. 저는 LGBTQ의 권리를 위해 싸워야 한다고 믿고, 성적 지향이나 젠더를 근거로 어떤 형태의 차별도 가해져서는 안 된다고 믿습니다. 지금도 우리 눈앞에서 이 나라의 유색인들에게 가해지고 있는 체계적 인종주의는 소름 끼치고, 역겨우며, 사방에서 횡행하고 있다고 믿습니다.

—2018년 10월, 인스타그램 게시물

얄팍하게 위장한 메시지들로 인종주의를 유발하고 공포를 자극하는 짓거리는 우리가 지도자들에게 바라는 바가 아닙니다. 그리고 제가 가진 영향력으로 그 역겨운 수사에 맞서는 것이 제 의무이자 책임이라는 사실도 깨달았습니다. 저는 도움이 되기 위해 앞으로 더 많은 일을 할 것입니다. 내년에 우리는 대선을 치러야 하니까요.

—2019년 3월 6일,《엘르》

어떤 의미에서든, 어떤 상황에서든, 상처받을 위험을 감수하고 감정을 드러내는 건 아주 용감한 일이죠. 하지만 사회의 적의에 맞서야 한다는 걸 알면서도 자기가 사랑하는 사람과 자신의 감정에 솔직하다는 건 훨씬 더 용감한 일이에요. 그래서 프라이드 먼스Pride Month*뿐 아니라 매달 자기 감정을 정직하게 받아들이고 있는 그대로, 스스로 마땅하다고 생각하는 모습으로 삶을 살아가는 용감한 사람들에게 제 사랑과 존경을 전하고 싶어요. 그리고 이번 달에는 우리가 그간 얼마나 진보했는지 축하할 필요가 있다고 생각합니다. 앞으로 가야 할 길이 멀다는 사실도 인정해야 하고요.

—2018년 6월 2일, 『Reputation』 스타디움 투어, 일리노이주 시카고

처음 페미니즘에 대한 질문을 받았을 때는 열다섯 살이었을 거예요. 그래서 그냥 "정치 얘기는 하지 않아요. 아직 그런 일은 잘 모르고요. 그냥 페미니스트는 아니라고 말씀드릴게요"라고 했어요. 그런데 페미니즘이 그저 젠더의 평등을 바라는 마음이라는 걸 더 어렸을 때 알았다면 좋았을 것 같아요.

—2014년 10월 27일, 〈테일러 스위프트 1989〉

* 성소수자의 달인 6월을 뜻한다.

예전에 제가 "아, 페미니즘은 제 레이더 반경 안에 없어요"라고 말하고 다닌 건, 사람들 눈에 그냥 아이로만 보일 때는 제가 위협적인 존재가 아니었기 때문인 것 같아요. 여자가 되고 나서야 더 앞서 나가지 못하게 방해하는 힘이 있다는 걸 알았죠.

—2015년 5월 11일,《맥심》

인터뷰에서 한 번도 빠짐없이 페미니즘을 화두로 꺼냈는데요. 그 이유는 열두 살짜리 여자아이라도 페미니즘이 무엇인지, 스스로 페미니스트라고 말한다는 게 무슨 뜻인지 이해하는 것이 중요하기 때문이에요. 오늘날 사회에서, 직장에서, 미디어나 사람들의 인식에서 여자로 존재한다는 게 무엇을 의미하는지 알아야 합니다. 남자들에게서 무엇을 받아들이고 무엇을 거부해야 하는지, 그것을 기반으로 자기 의견을 어떻게 만들어나가야 하는지도 알아야 하고요. 제가 그 아이들을 위해서 해줄 수 있는 최선은 계속 자기를 돌아볼 수 있는 곡을 쓰는 거예요. 그래서 그 아이들이 어떤 대상에 대한 자신의 감정을 분석하고 단순화하게 해주는 거죠.

—2014년 10월 31일, 〈올 싱스 컨시더드〉

메시지를 주입받는 기분은 그리 좋지 않아요. 어린 여자아이로서 주입받은 메시지들 중에는, 에지 있고 섹시하고 쿨한 게 무엇보다 중요하다는 것도 있었어요. 여자애들한테 그런 메시지를 주입하는 게 옳은 일이라고 생각하지 않아요……. 제 삶은 에지나 섹시함이나 쿨함 쪽으로 기울지 않거든요……. 저는 상상력이 뛰어나고, 똑똑하고, 열심히 일해요. 그런데 그런 것들이 반드시 대중문화의 우선순위에 드는 건 아니죠.

—2014년 10월 29일, CBS 〈디스 모닝〉

2015년에는 우리가 남자애들이 공주 놀이를 할 수 있고 여자애들이 군인 놀이를 할 수 있는 세상에 살게 되어 기쁠 뿐이에요.

—2015년 8월 30일, MTV 비디오 뮤직 어워드 시상식

오랜 세월이 지나면 언젠가 우리 아이들과 손주들이 지금을 되돌아보며 말할 때가 올 거예요. "공직에서 일하는 저 많은 여자들을 봐. 여자 대통령이 없던 시절이 있었다니 믿을 수가 없어."

—2008년 5월 30일, 《라이프타임Lifetime》

언론에 행동거지 하나하나가 낱낱이 꼬투리 잡히거나, 노화의 흔적이 보인다고 흠잡히거나, 노화를 막으려 한다고 욕을 먹지 않은 여성 음악인을 찾기 어려워요. 음악인으로 늙어가는 건 여자한테 훨씬 더 어려운 일처럼 보여요. 제 선택으로 최대한 우아하게 나이 들 수 있기를 진심으로 바랄 뿐이죠.

—2014년 11월 13일,《타임》

잡지를 펼치면 "제니퍼 로페즈 대 비욘세: 누가 더 핫한 엄마인가" 같은 소리가 있어요. "맷 데이먼과 벤 애플렉: 누가 더 핫한 아빠인가" 같은 제목의 기사는 없잖아요. 여자들은 늘 다른 여자와 비교당하고, 승자와 패자가 있다는 인식이 계속되는 한, 하나의 사회로서 우리는 우리 자신에게 크나큰 잘못을 저지르는 거예요.

—2014년 10월 31일,〈올 싱스 컨시더드〉

페미니스트로서 제가 믿는 한 가지는, 우리가 성평등을 이룩하기 위해서는 '여자의 적은 여자'라는 구도를 깨뜨려야 하고, 여자들끼리 헐뜯고 괴롭히는 모습을 보며 재밌어하는 짓거리를 그만둬야 한다는 거예요. 여자들끼리 응원하고 격려해야 해요.

—2014년 9월 28일, 〈모두가 그 이야기를 하고 있어요〉

"앨범을 더 많이 팔아야 하니까 더 벗고 나가야 해" 같은 말을 하고 있는 매니저나 이미지 컨설팅 팀이 아직도 있다는 생각은 하고 싶지도 않아요. 하지만 어떤 여성이 무대에서 자신의 관능성을 표현하거나 특정한 외모를 드러낼 때 더 권력을 갖게 된다고 느끼면, 그대로 하면 되는 거예요. 저도 박수갈채를 보낼 거예요. 그렇지만 사실, 여자는 그러기가 훨씬 어렵다고 생각해요. 정말 솔직한 마음이에요.

—2014년 10월 9일, BBC 〈라디오 1〉

제 친구 에드 시런한테는 혼자서 모든 곡을 작곡하느냐고 아무도 묻지 않아요. 처음에는 저도 모두 같은 경기장에서 뛰고 있다고 생각했어요. 그런데 시간이 흐르면서 여성 싱어송라이터의 정당한 존재를 회의하고 진짜 감정을 노래로 쓰는 일을 용인할 수 없다는 사람들이 눈에 뚜렷이 들어오기 시작했어요. 진짜 감정으로 곡을 쓰면 비합리적이고 과도하게 감정적이라고 비난했죠. 그런 걸 오래 보다 보니 제 관점도 바뀌더군요.

—2014년 11월 13일, 《타임》

남자가 자기 경험을 글로 표현하면 용감하다고 하죠. 여자가 자기 경험을 글로 표현하면 지나치게 자기를 드러내고 지나치게 감정적이라고 해요. 아니면 미쳤거나요. 아니면 "조심해, 저 여자가 당신에 대한 노래를 쓸 거야!"라고 하거나요. 그 농담은 정말이지 고리타분해요. 터무니없이 지독한 성차별주의에서 나오는 말이기도 하고요.

—2014년 12월 15일,

〈바버라 월터스 프레젠츠: 2014년 가장 매혹적인 인물들〉

그래미 올해의 앨범상을 두 번 수상한 첫 여성으로서 세상의 모든 젊은 여성에게 말하고 싶습니다. 여러분이 앞으로 가는 길에는 여러분의 성공을 깎아내리고 여러분의 업적이나 명성을 훔쳐 자신의 공적으로 돌리려는 사람들이 있을 겁니다. 그러나 여러분이 그냥 일에만 집중한다면, 저들에 휘말려 곁길로 빠지는 일이 없도록 마음을 다잡는다면, 언젠가 여러분은 가려고 했던 곳에 도달할 것입니다. 그때 주위를 둘러보면 여러분 자신과 여러분을 사랑하는 사람들이 그 자리로 이끌어주었다는 걸 알게 될 겁니다. 그리고 그것은 세상에서 가장 멋진 기분이랍니다.

—2016년 2월 15일, 제58회 그래미 어워드

자기 감정을
정직하게 받아들이고
있는 그대로,
스스로 마땅하다고
생각하는 모습으로
삶을 살아가는, 용감한
사람들에게 제 사랑과
존경을 전하고 싶어요.

2013년, 방송을 앞두고 관계자들과 처음 만나는 자리에서 유명한 컨트리음악 라디오방송국의 DJ를 만났습니다. 사진 촬영을 위해 포즈를 취하는데 그가 제 드레스 위로 손을 올려 엉덩이 한쪽을 움켜쥐었어요. 저는 움찔하면서 몸을 옆으로 홱 뺐는데 그 사람이 손을 절대로 놓지 않더군요. 당시 저는 대규모 스타디움 투어의 헤드라이너였는데, 그 방 안에는 상황을 지켜보고 있던 목격자들도 많았거니와 심지어 그 일이 사진에도 찍혔단 말이에요. 이런 무모한 상황에서 큰 위험을 감수하고 저에게 성추행을 할 정도로 뻔뻔한 인간인데, 기회가 주어졌을 때 나약하고 젊은 아티스트한테 무슨 짓을 할지 상상해보세요.

—2017년 12월 6일, 《타임》

증언하기 전 이미 저는 일주일 내내 법정에서 이 남자가 변호사를 윽박지르고 바보 같은 꼬투리를 잡고 터무니없이 사소한 시비를 걸어서 제 어머니를 포함한 팀을 협박하고 몰아붙이고 괴롭히는 광경을 지켜봤습니다. 저와 저의 팀 전체가 거짓말을 하고 있다고 비난하더군요……. 저는 화가 났어요. 그 순간 법정의 격식 따위 다 집어치우고 일어난 일을 있는 그대로 말해야겠다고 단단히 결심했습니다. 나중에 누가 그러더군요. 콜로라도주 지방법원에서 "엉덩이"라는 단어가 이렇게 많이 나온 건 이번이 처음이라고요.

—2017년 12월 6일, 《타임》

배심원이 제 손을 들어주자 법원은 저를 성적으로 추행한 남자에게 상징적으로 1달러를 지불하라는 선고를 내렸어요. 오늘까지도 그 사람은 1달러를 지불하지 않았고, 그의 거부 행위는 그 자체로 상징적이라고 생각합니다.

—2017년 12월 6일, 《타임》

1년 전 오늘은 배심원이 제 편을 들어주고 저를 믿는다고 말해준 날이에요. 그래서 생각나는 사람들이 있어요. 아무도 자기 말을 믿어주지 않았던 사람들, 지금 이 순간 아무도 자기 말을 믿어주지 않을까 봐 말 못 하고 있는 사람들 생각이 나요. 그들을 생각하며 마음이 아프다고 말해주고 싶어요. 제가 어떤 일을 당했다고 말할 때 사람들이 믿어주지 않았다면 제 인생이 어떻게 달라졌을지 알 수가 없거든요. 우리가 가야 할 길이 정말, 정말로 멀다는 말도 하고 싶어요. 그리고 제 삶에서 너무나 끔찍하고 공포스러웠던 시기를 함께해주고 응원해준 여러분께 감사합니다.

—2018년 8월 14일, 『Reputation』 스타디움 투어, 플로리다주 탬파

성추행과 성폭행 사건에서는 피해자에게 엄청난 비난이 쏟아져요. 절대 자기 자신을 비난하지 말고 남들이 비난하더라도 받아들이지 말라는 조언을 하고 싶어요. 15분, 15일, 15년을 기다렸다가 추행이나 폭행 사실을 신고했다고 비난받아서는 안 돼요. 또한 스스로 선택해서 추행이나 폭행을 저지른 사람의 인생이 나중에 어떻게 되든 그 책임을 떠안아서도 안 되고요.

—2017년 12월 6일, 《타임》

우리 나라가 우리 시민을 보호하지 않기 때문에 LGBTQ 성소수자들이 동성애 혐오자나 트랜스젠더 혐오자인 고용주나 집주인의 손에 삶의 뿌리가 뽑힐지 모른다는 두려움 속에 살고 있습니다. 법적으로 무력하고 타자의 혐오와 무지한 편견에 철저히 좌우되는 일부 사람들이 존재한다는 사실은 역겹고 용납 불가합니다.

우리의 법이 시민을 평등하게 대우하도록 전국적인 차원에서 요구함으로써 우리의 자긍심을 보여줍시다.

─2019년 5월 31일, 차별금지법 지지 청원

떨쳐내버려

그 밖의 인생 교훈

「Shake It Off」라는 노래로는, 정말로 제가 서사를 탈환해서 계속 제 신경을 갉아먹는 사람들을 좀 더 유머 감각을 가지고 바라보고 싶었어요. 그래서 그 사람들이 제 신경을 갉아먹지 못하게 막고 싶었죠. 2~3년 전 썼던 「Mean」이라는 곡이 있는데, 그 노래에서도 같은 이슈를 다루었지만 아주 다르게 접근했거든요. "너는 왜 꼭 그렇게 못되게 굴어야 하니?"라는 질문을 던졌는데, 뭐랄까, 그건 피해자의 시각에서 나온 거죠. 우리 모두 처음으로 집단 괴롭힘을 당하거나 험담을 들으면 그런 생각이 들잖아요. 그렇지만 지난 몇 년에 걸쳐 저는 제 진짜 인생과 아무 관계가 없는 일들은 그냥 웃어넘기는 걸 훨씬 더 잘하게 됐어요.

─2014년 10월 31일, 〈올 싱스 컨시더드〉

무리에 소속된 느낌을 느껴본 적이 없더라도 인생에서 원하는 것을 모두 가질 수 있어요. 앨범을 수백만 장 팔아도 제가 쿨하다는 기분이 들지는 않거든요. 뿌듯하다든가, 내 편을 들어주는 사람들이 아주 많고 내가 이제껏 정말 열심히 일해왔다든가 하는 기분은 들지만요. 하지만 저는 무리에 소속된 느낌이 삶에서 가장 중요한 가치라고 생각하지 않아요. 자기가 치는 북소리에 맞춰 춤을 추면서도 겉으로만 쿨해 보이는 사람들보다 더 즐거울 수 있다면, 그거야말로 삶에서 정말 가장 중요하다고 생각해요.

—2014년 9월 11일,「Shake It Off」뮤직비디오 촬영 비하인드 스토리

춤은 자기 삶을 살아가는 방식에 대한 은유라는 느낌이 들어요. 파티에 가면 저쪽에서 얘기만 하면서 춤추는 애들을 보고 눈을 굴리는 사람들이 있잖아요? 어느 쪽이 더 즐거운지는 보면 알죠.

—2014년 8월 23일,《가디언》

당신을 이해 못 하는 사람들을 무릅쓰고 살 뿐 아니라 그 사람들보다 더 재밌게 살아야만 해요.

—2014년 8월 19일,〈ABC 뉴스〉

누가 여러분을 헐뜯거나 뒤에서 험담한다면, 그 사람들이 여러분을 두고 한 그 말들이 여러분 얼굴 전체에, 여러분의 온몸에 쓰여 있다는 느낌이 늘잖아요. 그러고는 그 말들이 여러분의 마음속에서 메아리가 되어 울리기 시작해요. 그러다 그 말들이 여러분 스스로 자신을 바라보는 시선의 일부가 되어버리는데, 그게 정말로 위험한 거예요. 여러분을 알지도 못하고 아끼지도 않는 어떤 사람의 의견이 여러분 자신이 될 수는 없다는 사실을 깨닫는 그 순간, 자신이 깨끗하게 정화되었다는 사실을 알게 되죠.

—2015년 12월 20일, 『1989』 월드 투어 라이브

여러분은 자기 자신의 선택으로 어떤 사람이든 될 수 있고 여러분 등 뒤에서 오가는 속삭임은 여러분을 규정하지 못함을 알기 바랍니다. 자기가 어떤 모습으로 기억될지를 결정하는 사람은 오로지 여러분 자신입니다.

—2014년 10월 27일, 『1989』 앨범 해설집

저들의 말은 너를 베겠지만
네 눈물은 마르리라.

—2017년 12월 6일, 《보그》 영국

삶을 살아가며 모든 인간과 사물을 단순화하고 일반화하려는 욕구가 우리에게 있지만, 본질적으로 인간은 단순화가 불가능합니다. 우리는 그냥 선하거나 그냥 악하기만 할 수가 없습니다. 우리는 최악의 자아와 최고의 자아, 깊디깊은 비밀과 디너파티에서 즐겨 떠벌리는 이야기들이 어우러져 짜인 모자이크입니다.

—2017년 11월 10일, 《평판》

학창 시절에는 제 머리카락이 싫었어요. 엄청난 곱슬머리였거든요……. 다른 애들은 다 생머리여서 저도 그러면 얼마나 좋을까 간절하게 바랐어요. 그래서 언제나 머리를 펴려고 했고, 아침마다 몇 시간씩 노력했어요. 그러다 어느 날 눈을 떴는데 갑자기 사람들과 다르다고 해서 꼭 나쁜 건 아니라는 생각이 들더라고요.

—2008년 5월 5일, 《세븐틴》 커버 촬영 비하인드 스토리

인간 본성을 생각해보면, 우리가 제일 좋아하는 신발은 바로 어제 산 구두잖아요. 제일 좋아하는 물건은 새것이고요. 우리가 가장 많이, 가장 오래 보아온 게 뭘까 생각해보면, 그건 거울 속의 우리 모습일 거예요. 그러니 당연히 그 모습을 제일 덜 좋아하겠죠.

—2009년 2월 18일, 영국 ITV 토크쇼 〈루스 위민Loose Women〉

절친 중에 미인 대회 우승자가 있어요……. 누구나 그 애가 되고 싶어 하고, 모든 남자애가 그 애와 데이트하고 싶어 했죠. 그 애한테 식이장애가 있다는 걸 알게 된 바로 그날 「Tied Together with a Smile미소에 꽁꽁 묶여서」을 썼어요. 너무나 강하다고만 생각했던 무언가가 한없이 약하다는 걸 깨닫는 날, 그런 날은 멈춰서 생각하는 기점이 되죠.

—2018년 12월 13일, 『Taylor Swift』 「Tied Together with a Smile」

코멘터리(빅 머신 라디오 릴리스 스페셜)

제 몸의 지방을 1온스도 남김없이 증오하는 짓을 그만두는 법을 배웠어요. 제 두뇌를 열심히 재훈련시켜서 몸무게가 약간 더 나간다는 건 굴곡 있는 몸매와 반짝이는 머리카락과 활발한 에너지를 의미한다고 생각하게 되었죠. 다이어트를 한계까지 밀어붙이는 사람들이 많이 있을 거예요. 하지만 지나친 다이어트는 정말 위험해요. 즉각적인 해결책은 없어요. 저는 날마다 제 몸을 있는 그대로 받아들이려고 노력해요.

—2019년 3월 6일, 《엘르》

제가 아름답다고 느끼는 사람들은 자기만의 뭔가를 만들어나가는 사람들이에요……. 독특하고 남다르다는 것이 다음 세대 미의 기준이에요. 다른 사람들과 똑같을 필요가 없어요. 사실, 그래서는 안 된다고 생각해요.

—2010년 4월 22일, 《커버걸》 광고 촬영 비하인드 스토리

저에게 아름다움은 진지함이에요. 아름다움의 방식에는 여러 가지 다른 길이 있다고 생각해요. 외모와 무관하게 너무 웃겨서 아름다운 사람도 있단 말이에요. 남을 웃기는 일에 진심이라서요. 아니면 정말로 감정적이라서, 우울하고 사려 깊고 금욕적이라서, 그런 자기 자신에게 진지해서 아름다운 사람도 있어요. 군중 속 어떤 사람이 너무 행복해서 입이 귀에 걸리도록 활짝 웃고 있는 모습이 눈에 띈다면, 빛나는 진심이 밖으로 새어 나오고 있는 거거든요. 그런 진심은 전달되기 마련이죠.

—2011년 9월 1일, 〈유튜브 프레젠츠〉

인터넷의 칭찬에 의존해서 자존감을 달래는 일은 적을수록 건강하다고 생각해요. 특히나 바로 세 줄만 내려가도 '트럭이 치고 지나간 족제비를 술 취한 박제사가 다시 꿰매 붙인 것 같은 면상을 한 년'이라는 댓글을 보게 되는 상황에서는 말이죠. 실제로 제가 받아본 적 있는 댓글이에요.

—2019년 3월 6일, 《엘르》

용기를 내는 방식은 사람마다 달라요. 그러니 용기는 생각하는 대로 말하는 것처럼 소박할 수도 있어요. 자기가 어떤 사람인지, 누구를 사랑하는지 솔직하게 터놓는 것처럼 단순할 수도 있죠. 그러니까 배경에 영화음악이 깔리는 그런 대단한 용맹이 아니어도 된다고 생각해요. 매일매일 잘게 잘라서 적은 용량으로도 용감한 일을 할 수 있어요.

—2014년 1월 31일, 〈엑스트라〉

두려울 게 없다는 건, 인생이 예측할 수 없음을 깨닫는다는 뜻이에요. 대처하는 방식이 모든 걸 좌우해요. 나에게 던져지는 것과 주어진 것과 빼앗긴 것에 어떻게 대처하느냐가 중요해요. 그리고 두려울 게 없다는 말은 겁을 모른다거나 상처로부터 전혀 영향받지 않는다거나 하는 뜻이 아니라고 생각해요. 두려울 게 없다는 건 무서운 것이 있더라도 꿋꿋이 자기 삶을 살아내고 위험을 감수하는 일이라고 생각해요.

—2009년 11월 13일, 〈마이 데이트 위드…〉

이 세상의 좋은 것들, 제가 직접 보아온 사랑, 제가 품고 있는 인류에 대한 믿음을 매일매일 저 자신에게 다시 일깨워주려 노력해요. 진정 살아 있다고 느끼기 위해 우리는 용감한 투쟁을 해야 해요. 그건 우리가 가장 두려워하는 것, 즉 최악의 공포에 지배당해서는 안 된다는 의미예요.

—2019년 3월 6일, 《엘르》

실제로 살아가면서 올바른 때에 올바른 말을 하는 일은 '결정적'이라는 말로도 부족할 만큼 중요해요. 너무나 결정적으로 중요해서, 우리 대다수는 잘못된 때에 잘못된 말을 하게 될까 두려워 망설이게 되죠. 그러나 최근에 제가 그보다 더 두려워하게 된 일이 있어요. 아무 말도 하지 않고 그 순간을 흘려보내는 일이에요.

—2010년 10월 25일, 『Speak Now』 앨범 해설집

말로 사람을 부숴서 수백만 개로 조각낼 수도 있지만, 말로 그 사람을 다시 붙일 수도 있어요. 여러분은 여러분의 말을 선하게 쓰기를 바라요. 끝내 하지 못한 말보다 더 크게 후회할 말이 있다면, 그건 남에게 고의적으로 상처를 주려고 한 말일 테니까요.

—2010년 10월 25일, 『Speak Now』 앨범 해설집

겪어보지 못한 비극이 여러분의 지인에게 닥쳐왔을 때, 뭐라고 말해야 할지 모르겠다고 얘기해도 괜찮아요. 정말 마음이 아프다는 말 외에는 아무 말도 듣고 싶지 않을 때가 있거든요. 도움이 될 만한 조언을 한마디도 해줄 수 없어도 괜찮아요. 여러분이 모든 해답을 가지고 있을 필요는 없어요. 하지만 가장 어두운 시기를 거치는 누군가의 인생에서 사라져버린다면, 그건 괜찮지 않아요.

—2019년 3월 6일,《엘르》

누구보다 중요한 사람에게 상처를 주었을 때 미안하다고 말한다고 해서 손해 볼 일은 하나도 없어요. 그럴 뜻이 없었다 해도, 사과하고 다음으로 넘어가는 건 쉬운 일이에요. "미안해. 하지만……" 하고 변명하지는 않도록 노력하세요. 진심 어린 사과를 하는 법을 배우면, 우정과 사랑에서 신뢰를 무너뜨리는 사태는 피할 수 있답니다.

—2019년 3월 6일,《엘르》

「Bad Blood」는 최근에 제가 겪은 새로운 유의 상심을 다루는 곡이에요. 제가 절박하게 친구가 되길 바랐고 또 친구라고 생각했던 사람이 알고 보니 아니었다는 사실을 노골적으로 드러냈거든요…….

이 노래에서 저는 처음으로 용기 내어 제 목소리를 내고 제 입장을 지켰어요. 그 관계에서는 언제나 그 친구가 더 대담하고 더 목소리가 컸거든요. 그래서 자기 입장을 고수하는 건 중요한 일이라고 생각해요. 노래라는 형식을 빌려야 그런 용기가 난다면, 그렇게라도 해야 하는 거죠.

―2018년 12월 13일, 『1989』「Bad Blood」 코멘터리

(빅 머신 라디오 릴리스 스페셜)

누구에게나 착하게 굴다 보면 언제나 온갖 골치 아픈 문제에 휘말리게 돼요. 예의 바른 아가씨로 길러진 데서 나온 품성이겠지만, 이런 특징을 누가 작정하고 이용하려 들면 살면서 가장 후회스러운 곤경에 처하게 될 수도 있어요. 배짱을 길러서 육감을 믿고 반격할 때가 언제인지 알아야 해요. 뱀처럼 되는 거예요―누가 밟을 때만 물어요.

―2019년 3월 6일, 《엘르》

부정적인 것들은 다 차단하려는 경향이 있어요. 너무 아파서요. 하지만 고통을 느끼지 않게 되면 동시에 크나큰 흥분과 엄청난 환희와 행복도 느낄 수 없게 될까 봐 두려워요. 그런 것들을 더는 느낄 수 없다면 안 되거든요. 그래서 저는 모든 감정을 다 느껴요. 덕분에 제가 계속 저 자신으로 있을 수 있다고 생각해요.

—2010년 10월 27일, 《USA 투데이》 오디오 인터뷰

열의가 있다면 어떤 일을 겪어도 회복할 수 있어요. 실패하거나 거부당하거나 비난받더라도 다음 일에 의욕을 불태울 수 있으니까요.

—2014년 10월 9일, BBC 〈라디오 1〉

저는 이 순간을 살려고 정말로 노력해요. 지금 일어나는 모든 일에 뜨겁게 흥분하되 앞으로도 저한테 그런 일들이 당연히 일어날 거라고는 믿지 않아요. 그래서 그런 일들이 또 일어나면 그때마다 신나고 흥분돼요.

—2012년 10월 22일, 〈엔터테인먼트 시티Entertainment City〉 비디오

〈에라스 투어〉의 첫 공연 날 모습, 애리조나주 글렌데일에서 (2023)
© Gettyimages

자기가 어떤
모습으로 기억될지를
결정하는 사람은
오로지 여러분
자신입니다.

한 방의 타격에 납작해질 만큼 유약하고 부서지기 쉬운 존재가 되지 않으면서도 그 아픔을 느끼고 곡으로 쓸 만큼 여린 마음을 유지하는, 위태로운 줄타기를 해야만 해요.

—2014년 10월 20일, 《에스콰이어》

과거로 돌아가서 열세 살 때의 저에게 한마디 말을 해줄 수 있다면, 네게 닥치는 일은 모두, 아무리 나쁜 일이라도, 이유가 있어서 생기는 일이라고, 사실은 좋은 일보다 나쁜 일에서 더 많이 배우게 될 거라고 말해주고 싶어요.

—2015년 5월 8일, 《엘르》 커버 촬영 비하인드 스토리

삶이 참 그래요. 새로운 교훈을 배우고서 모퉁이를 돌아보면 그때마다 또 새로운 게 있단 말이에요. 모든 걸 다 알 수는 없는 거예요. 그래서 저는, 이제 좀 포기했어요. 제가 아는 건 앞으로 제가 알게 될 것들에 비하면 '아무것도' 아닌 거예요.

—2011년 11월 21일, 『Speak Now』 월드 투어 라이브

옳은 일을 하지 않았다거나 충분히 잘하지 못했다는 생각
이 들면, 머릿속으로 계속 곱씹으면서 거듭거듭 저에게 감
정적으로 벌을 주곤 해요. 삶, 일, 사랑, 우정, 커리어, 모든
면에서 과하게 생각이 많은 게 저의 가장 큰 적이기 때문
에, 저 자신을 너그럽게 대하려고 항상 노력해야만 하지요.

―2015년 11월 14일,《보그》오스트레일리아

언젠가 돌리 파튼이 한 말을 들었어요. 지금 아는 걸 과거
에 알았을 리가 없으니 후회는 자기 자신에게 부당한 일이
라고요. 저도 돌리 파튼처럼 인생을 살고 싶을 때가 많았어
요. 후회에 대처하는 이토록 명쾌한 태도가 부러웠죠. 하지
만 인생에서 선택한 길에 관한 한, 저에게는 아무런 후회
도 없어요. 제가 선택한 인생 행로를 아주 뚜렷하게 의식하
고 있으며, 제가 선택하지 않은 길 역시 아주 잘 알고 있거
든요.

―2010년 10월 22일,《월스트리트 저널》

사람들과 어울릴 때 편안하지 않다면, 그에 대해 말해줄 수 있는 단 한 사람은 자기 자신뿐이에요. 언행이 바른지, 어깨를 쫙 펴고 걷고 친구를 사귀고 사람들에게 인사하고 미소를 짓는지. 그건 "아, 가면을 쓰고 감정을 속이고 가짜 시늉을 해야겠다……" 같은 게 아니에요. 자신감에 가장 큰 영향을 미치는 건 자신감 있는 행동이거든요. 자신감 있게 살다 보면 실제로 자신감이 생길 수도 있어요.

—2013년 5월 15일, 케즈 파트너십 비디오

더 좋은 앱을 깔고 더 멋진 곳에서 휴가를 보내면 소셜미디어에서 더 나은 내가 될 수 있다는 메시지를 우리가 매일매일 너무나 많이 받고 있는 것 같아요. 하지만 나는 하나밖에 없는 나예요. 그게 다예요. 그냥 내가 있을 뿐이에요.

—2019년 4월 26일, 애플뮤직 비디오

아이 같은 변덕과 달빛
헤엄치기, 불타는 너의 자존감을 꼭 붙잡고 놓치지 마.

—2017년 12월 6일, 《보그》영국

제 팬들을 응원하려고 애써요. 날마다 자신만만할 필요도 없고, 날마다 행복할 필요도 없고, 날마다 예쁘다는 느낌이 들지 않아도 되고, 날마다 나를 원하는 사람이 있어야 하는 것도 아니고, 행복하지 않더라도 괜히 스스로 쓸데없는 부담을 갖지는 말라고 말이에요. 감정적으로 자기 자신에게 정직하다는 건 정말로 중요한 일 같아요.

—2014년 10월 27일, 〈테일러 스위프트 1989〉

연애를 하지 않더라도 인생은 아름답고 즉흥적이고 놀랍고 낭만적이고 마술적일 수 있어요. 누군가를 열렬히 사랑할 때 느꼈던 그 모든 감정을 친구를 열렬히 사랑하고 새로운 것을 배우고 스스로 도전하고 주도적으로 삶을 살아나가는 것으로 대체할 수 있어요.

—2014년 10월 28일,《Q》

그래서는 안 된다는 걸 알게 될 때까지는 사람들을 좋아하고 마음을 내어주고 믿는 편이 훨씬 쉬워요. 그 반대는 사람이 아니라 빙산이 되는 거잖아요.

—2009년 3월 5일,《디 오스트레일리언The Australian》

남자친구를 사귀는 걸 최우선 순위로 두는 사람은 아름다운 여자를 볼 때마다 "아, 저 여자라면 내가 데이트하고 싶었던 멋진 남자를 잡을 수 있겠다" 같은 생각을 하게 될 거예요. 하지만 남자친구 쇼핑에 관심이 없다면 한 발 물러서서 자기 일을 끝내주게 하는 여자들을 보고 "와, 저 여자를 곁에 두고 싶다"라고 생각하겠죠.

—2014년 9월 8일, 《롤링 스톤》

저에겐 신뢰하고 사랑하는 친구들이 있는데, 사실 이십대 때는 그 밖의 다른 건 다 저 멀리 막막한 뜬구름 같잖아요. 우리가 어디로 가고 있는지도 모르고, 언젠가 사랑에 빠질지 안 빠질지도 모르죠. 앞으로 무슨 일이 일어날지도 모르고요. 뭐랄까, 삶은 예측 불가하다는 사실을 받아들이면 좀 재밌어지는 거 같아요.

—2013년 2월 22일, 라디오방송 〈노바Nova FM 96.9〉

어니스트 헤밍웨이가 이런 말을 했어요. "누군가를 믿어도 되는지 알아보는 최고의 방법은 그 사람을 믿는 것이다." 그게 제가 삶을 살아가는 방식이에요. 하지만 동시에 그 신의를 거듭거듭 증명한 사람들을 곁에 두는 것 또한 중요하죠.

—2014년 11월 24일, 《서던 리빙Southern Living》

「Look What You Made Me Do」는 사실 제 감정을 표현하려고 썼던 시 한 편에서 시작했어요. 기본적으로 믿어서는 안 될 사람들이 있다는 깨달음과 동시에 믿을 수 있는 사람들에게 감사하는 마음을 갖게 된다는 노래예요. 아무나 마음에 들여서는 안 되지만 마음을 터놓을 수 있는 사람은 소중하게 생각해야 하죠.

—2017년 10월, 『Reputation』 시크릿 세션

한 가지 사실을 맞혀보자면, 아마 이 스타디움 안에 있는 사람들 모두의 공통점이 있을 것 같아요. 그건 바로 우리 모두 진짜를 찾는 느낌을 좋아한다는 것일 테고요. 이를테면 진짜 우정을 찾거나, 진짜 사랑을 찾거나, 진짜로 나를 이해해주는 어떤 사람, 진짜로 나에게 솔직한 사람, 그런 것 말이에요. 그게 우리가 정말로 삶에서 찾고자 하는 것이라고 생각해요. 삶에서 가장 무서운 건 그런 진짜배기를 향한 전망을 위협하는 것들이라고 생각해요.

—2018년 12월 31일, 『Reputation』 스타디움 투어

제가 지나간 자리에는 저로 인해 더 나은 기회를 갖게 된 사람들, 저로 인해 자존감이 높아진 사람들, 저로 인해 미소 지은 사람들이 여운으로 남기를 바라요.

—2015년 8월 11일, 《배니티 페어》

옳은 일을 하면 많은 경우 사업적인 관점으로도 확장된다는 게 일반적인 법칙이에요. 사업적인 관점에서만 일을 하려고 들면, 참담하게 실패하게 되죠.

—2011년 11월 20일, CBS 〈60분〉

저는 윤리적 규범을 기준으로 사람을 판단해요. 윤리적 규범이 없는 사람은 아무것도 아니에요. 뛰어난 재능, 명성, 성공, 부, 인기, 전 그런 건 신경 쓰지 않아요. 윤리 규범이 없다면 다 필요 없어요. 친구를 배반하고 등 뒤에서 험담을 하고 친구에게 창피를 주고 말로 깎아내리려 하는 그런 사람을 제 삶에 들이고 싶은 마음은 전혀 없어요.

—2015년 8월 11일,《배니티 페어》

아직도 점심시간에 혼자 테이블에 앉아 있거나 화장실에 숨어 있거나 새 친구를 사귀려 애쓰다 놀림거리가 되었던 제 모습이 섬광처럼 자꾸 뇌리에 떠오르곤 해요. 이십대가 되어보니 제 친구가 되려고 애쓰는 여자들에게 둘러싸여 있더군요. 그래서 연대하는 여자들의 세계에 드디어 입성했다는 기쁨을 옥상에 올라가서 외치고 사진을 찍어 올리면서 요란하게 축하했어요. 과거의 제 마음과 똑같은 외로움을 아직도 느끼고 있을 사람들 생각을 미처 못 했죠. 우리가 고질적인 문제들을 해결하려 노력하지 않는다면 우리가 그 고질적인 문제들의 화신이 될 거예요.

—2019년 3월 6일,《엘르》

"우리가 이십대 청춘이야!" 이렇게 되면 어쩐지 다들 끼리끼리 모여서 스스로 선택한 가족처럼 느끼게 되는 것 같아요. 그 기분이 평생 지속될 수도 있겠죠. 중요한 한 시기를 동료로서 함께 보내지만 영원히 이어지지는 않을 수도 있고요. 슬픈 일이지만 가끔은 성장하면서 관계가 끊어지기도 해요. 살다 보면 우정이 끝날지도 모르지만 추억은 언제까지나 머무를 거예요.

—2019년 3월 6일,《엘르》

이제 저의 영웅들은 먼저 훌륭한 사람이라야 해요. 훌륭한 예술가가 되는 건 그다음 문제예요. 그 명단에 있는 사람들은 가스 브룩스Garth Brooks, 레바 매킨타이어Reba McEntire, 페이스 힐이에요. 다른 요인을 고려하기 전에 먼저 훌륭한 인간, 친절한 사람이 되려고 노력하는 분들이라고 느껴지거든요.

—2009년 6월 22일,《마리 끌레르》

제가 절대로 잊지 않으려 애쓰는 사실 하나는, 아무리 금빛으로 빛나는 마술 같고 특별한 것이라도 그때뿐이라는 거예요. 그래서 오래 질질 끌다가 사람들이 "이제 쟤 좀 들어가면 안 돼?" 하는 마음이 되는 건 원치 않아요. 정말 그렇게 되거든요!

—2015년 12월 13일, 〈비츠 1〉

우리는 금세 지나갈 행복한 순간을 위해서 사는 거예요. 행복은 상수가 아니에요. 우리는 간혹 행복을 살짝 엿보고 지나가듯 체험하게 되죠. 하지만 그럴 만한 가치가 있어요.

—2014년 8월 12일, 영화 〈더 기버: 기억전달자〉 기자간담회

다른 아이들이 어린이 프로그램을 볼 때 저는 〈음악의 뒷이야기Behind the Music*〉를 보고 있었어요. 너무나 잘하던 밴드들이 프로그램에 나오면 대체 뭐가 잘못된 걸까 궁금했어요. 이 생각을 정말 많이 했어요. 그래서 제 머리에 자기 인식이 부족하면 언제나 쇠락한다는 생각을 새기게 됐죠. 늘 자기 인식의 결여가 촉매가 되어서 관계성을 잃고 야심을 잃고 위대한 예술을 잃게 되거든요. 자기 인식은 제가 하루하루 살아가면서 항상 획득하려 애쓰는 목표에서 아주 커다란 부분을 차지해요.

—2015년 10월 15일,《GQ》

이따금 너무나 지나치게 주위 모든 것에 영향을 받아 휘둘리는 사람들을 보게 되는데, 그러면 야망 때문에 행복이 뒷전으로 밀려나게 되죠. 하지만 기막히게 멋진 삶을 살아왔음을 스스로 아는 데서 오는 차분한 태도를 삶으로 체현한 사람들도 만나게 돼요. 제임스 테일러James Taylor, 크리스 크리스토퍼슨Kris Kristofferson, 에델 케네디Ethel Kennedy 같은 분들이죠……. 그분들은 정말 몽글몽글하게 행복해 보여요.

—2012년 1월,《보그》

* VHI에서 방영된 TV 다큐멘터리 시리즈. 음악가나 밴드의 흥망성쇠를 다룬다. —편집자주

제가 망치거나 게으름을 피우거나 좋은 앨범을 내놓지 못하거나 과대망상에 빠져서 대충 해도 될 거라고 생각했다가 실수를 저지르면, 어마어마하게 많은 것이 날아가게 돼요……. 이제 다 알겠다는 생각이 들기 시작하면 그때부터 온갖 문제가 생기기 시작하죠. 안일해지거나 말만 많아지거나 둘 중 하나가 되거든요.

—2012년 1월 16일, 《보그》

편지를 받았는데 손 글씨가 보이면 아련한 로맨스의 물결이 밀려드는 기분이 되죠. 사진을 찍고 나서 누가 폴라로이드를 건네주면 호주머니에 넣었다가 나중에 다시 꺼내 보게 되듯이 말이에요. 그건 정말 제가 가진 것이라서, 혹시라도 잃어버리면 진짜로 잃어버리는 거고요. 그래서 붙잡고 싶고, 오래 간직하고 싶고, 엉뚱한 곳에 두고 싶지 않다는 추억의 관념이 어쩐지 시적이라고 생각해요.

—2014년 10월 27일, 〈빅 모닝 버즈 라이브〉

커리어의 처음 몇 년간 누가 저한테 해준 조언은 "이걸 즐기렴. 그냥 지금을 즐겨" 같은 말뿐이었어요. 그 말밖에 해주지 않았죠. 그런데 이제야 비로소 지금을 즐기는 법을 알게 됐어요.

—2015년 10월 15일, 《GQ》

밤에 잠자리에 들면서 나 자신으로 하루를 살았다는 생각을 할 수 있어서 감사해요. 이전의 모든 나날도 나 자신으로 살았고요.

—2009년 11월 26일, NBC 선정 올해의 인물 소감 인터뷰

예전에 제가 설레고 행복해했던 것들에 여전히 정말, 정말 설레고 행복해요. 식료품점에 장을 보러 가거나 친구들과 어울려 놀거나 하는 사소한 일들 말이죠. 살면서 겪게 되는 엄청나고 말도 안 되는 일들뿐 아니라 작은 일에도 행복해지는 수준에 머무른다면, 균형이 유지되죠.

—2010년 1월 31일, 52회 그래미 어워드 리허설

부모님 두 분 다 암이 있고, 엄마는 다시 투병을 시작했어요. 세상에는 진짜 문제들이 있고 그 밖의 다른 모든 문제는 부차적이라는 것을 배웠죠. 엄마의 암은 진짜 문제예요. 예전에는 하루하루 좋았다 나빴다 하는 일들에 너무 안달복달했어요. 이제는 제 모든 걱정, 스트레스, 기도를 진짜 문제들에만 바쳐요.

―2019년 3월 6일, 《엘르》

좋아하는 일을 할 때 문제는, 앞으로 잘될지, 앞으로 하루라도 더 할 수 있을지 도저히 알 길이 없다는 거예요. 하지만 지금 이 순간 그 일을 하고 있거나 하려고 노력하고 있거나 준비하고 있다면 그건 디딤돌과 같아요……. 정말로 그 일을 사랑하면, 그쪽으로 가려고 밟은 디딤돌들이 실제로 그 일을 따내서 하게 되는 것만큼이나 큰 보람을 줄 거예요.

―2012년 11월 11일, 〈VH1 스토리텔러스〉

제가 배운 한 가지, 아마도 제가 하게 될 단 하나의 조언은, 개인적 경험에 근거해서 부탁받지도 않은 조언을 남발하는 사람이 되지 말라는 거예요. 저는 어렸기 때문에 주위에 언제나 충고해주려는 나이 든 사람들이 많았어요. 하지만 결국 나중에 보면 어떤 사람으로 기억되고 싶은가 하는 문제로 귀결되더군요. 그냥 그런 사람이 되세요.

—2013년 5월 25일, 《빌보드》

이제까지 존재해온 모든 부분, 이제까지 거쳐온 모든 시기가 그때 그 순간 활용할 수 있는 정보를 가지고 노력해온 자기 자신인 거예요. 과거를 돌이켜보면서 '와, 2~3년 전만 해도 이런 걸 보면 오그라들었을 텐데' 하는 생각이 들 때가 한두 번이 아니거든요. 지금 자신의 모습을 축하해야 해요. 지금 가고 있는 방향, 지금까지 거쳐온 곳들도 축하해야 해요.

—2023년 12월 6일, 《타임》

(팬데믹으로) 고립된 상태에서 제 상상력이 미친 듯이 내달렸고 이 앨범 『Folklore』가 그 산물이에요. 여기 수록된 노래와 이야기들은 의식의 흐름처럼 흘러나왔어요. 펜을 든다는 건 판타지, 역사, 기억으로 도피하는 저만의 방식이었죠. 제 능력이 닿는 한 최선을 다해서 모든 사랑과 경이와 변덕을 담아 이 이야기들을 전했어요.

—2020년 7월 23일, 인스타그램 게시물

제 세상이 창의적으로 활짝 열린 듯 느껴졌어요. 어느 지점에 다다르자 일기 같은 곡만 쓰는 작가로서는 앞으로 계속 발전하는 미래를 그릴 수 없겠다는 느낌이 들었거든요. 그래서 『Folklore』를 내놓고 나서 느낌이 이랬어요. "와, 사람들이 이것도 좋아하네. 이 앨범은 내 삶을 위해서도 내 창의성 면에서도 정말 기분이 좋은데…… 사람들도 똑같이 느낄까?"

—2020년 12월 15일, 애플뮤직

있는 그대로 말하자면, 우리는 그냥 작곡을 멈출 수 없었어요. 좀 더 시적으로 표현하려고 노력한다면, 우리가 민간설화의 숲 가장자리에 서서 선택을 마주한 느낌이었어요. 돌아서서 왔던 길로 되돌아가거나 이 음악의 숲속으로 더 깊이 여행을 계속하거나……. 과거에는 언제나 앨범을 하나로 완결되는 시기로 취급하고 앨범이 발매되자마자 다음 앨범을 계획하는 단계로 넘어갔거든요. 『Folklore』는 좀 달랐어요. 이 앨범을 만들면서 든 느낌은 떠난다기보다 돌아오는 쪽에 가까웠어요. 저는 이 가상이면서도 가상이 아닌 이야기들에서 찾아낸 현실도피적 성격을 사랑했어요. 여러분이 이 꿈의 풍광들과 비극들, 잃어버렸다 다시 찾은 사랑의 서사시들을 반가이 맞아주는 방식들을 사랑했어요. 그래서 그런 것들을 계속 쓰고 또 썼죠.

—2020년 12월 10일, 인스타그램 게시물

앨범 『Midnights』는 아주 어두운 앨범이지만 이제까지 만든 어떤 앨범보다 더 즐겁게 작업했어요. 저는 예술과 시련이 언제나 손을 꼭 잡고 있어야 한다고 생각하지는 않거든요. 고통이나 슬픔이나 시련이나 상실을 다룬 곡을 얼마든지 쓸 수 있다고 생각해요……. 하지만 시간이 지나고 앨범을 많이 내놓게 될수록 점점 더 앨범을 제작하고 이런 곡을 만들고 쓰는 일이 상처에서 뱀독을 빨아내는 치유처럼 느껴져요.

—2022년 10월 24일,

〈지미 팰런의 투나잇 쇼The Tonight show starring Jimmy Fallon〉

팬들은 티켓을 정말 힘들고 어렵게 구했어요. 그래서 팬들의 상상을 초월하게 공연시간이 긴 쇼를 올리고 싶었어요. 그래야 스타디움을 나올 때 기분이 좋으니까요……. 저는 몸이 아파도, 부상을 당해도, 실연을 겪어도, 몸이 불편해도, 스트레스를 받아도 무대에 제가 오르리라는 걸 알고 있어요. 그건 이제 인간으로서 제 정체성의 일부예요. 누군가 제 공연의 티켓을 사면, 무슨 대재난이 일어나지 않는 한 무대에 서서 공연할 거예요.

—2023년 12월 6일, 《타임》에서 〈에라스 투어〉를 말하며

제 마스터 레코딩 권리를 사려고 지난 10년에 걸쳐 끈질기게 노력해왔는데 기회조차 박탈당하고 말았어요……. 정말이지, 엄청난 돈을 지불하고라도 샀을 텐데! 실제 판매 옵션이었던 제 작품을 소유하기 위해서라면 무슨 짓이라도 했을 텐데, 그럴 기회가 없었어요.

—2019년 12월 11일, 《빌보드》

마스터 레코딩 권리가 스쿠터 브론에게 팔린 사건을 두고 한 말

재녹음 절차는 재미있을 거예요. 다시 자유를 얻고 제 것을 되찾아오는 일처럼 느껴지거든요. 제가 이 노래들을 창작했을 때는, 이 노래들이 성장해서 어떤 모습이 될지 몰랐어요. 사람들에게 소중한 의미로 남았다는 걸 아는 상태에서 다시 녹음한다는 건, 사실 팬들이 제 음악을 위해 해준 모든 일을 축하하는, 정말로 아름다운 방법이에요.

—2019년 12월 11일, 《빌보드》

공공연한 관계라고 말할 때는, 그 사람이 사랑하는 일을 할 때 그 모습을 제가 보게 되고, 우리가 서로 필요한 자리에 모습을 보이고, 다른 사람들이 있어도 개의치 않는다는 뜻이에요. 그 정반대는 제가 누군가를 만나고 있다는 사실을 아무도 모르게 하려고 어마어마한 노력을 쏟아부어야 하는 거고요.

—2023년 12월 6일, 《타임》

수년의 시간을 거치면서 중요하지 않은 문제로 허비할 시간이나 주파수가 없다는 사실을 배웠어요. 그래요, 제가 저녁 식사를 하러 외출하면 식당 밖에서 난리가 나겠죠. 하지만 저는 그래도 친구들과 저녁을 같이 먹으러 나가고 싶어요. 인생은 짧아요. 모험을 해야 해요. 저는 수년간 집에만 틀어박혀 자발적으로 감금되어 살았어요. 다시는 그 시간으로 되돌아가고 싶지 않아요. 이제 저는 6년 전보다 더 사람들을 신뢰하게 됐어요.

—2023년 12월 6일, 《타임》

옮긴이의 말

　메일에서 "테일러 스위프트"라는 두 마디를 보자마자 "아, 저요, 제가 할게요" 하면서 까치발을 하고 손을 번쩍 치켜들었다. 두 번 생각할 필요도 없었다. 테일러 스위프트는 첫 앨범 『Taylor Swift』부터 쭉, 단순하고도 강렬한 가사로 내 상상력을 자극했고 캐치한 선율을 귓전에 때려 박았으며 나도 모르게 노래를 흥얼거리게 만드는 데 어김없이 성공하곤 했다. 하지만 뭐니 뭐니 해도 스위프트의 매력은 유일무이한 일인칭 페르소나, 삶을 판타지라는 베일을 쓴 이야기로 바꾸는 스토리텔러로서의 정체성에서 나온다고 늘 생각했다.

　열두 살에 기타를 처음 잡은 순간 이미 본능적으로 대중예술가의 위력과 책무를 모두 이해한 듯 보이는 소녀는 현실과 판타지가 모두 '나'라고 선언한다. 「You Belong With Me」의 뮤직비디오에서 스위프트는 친구를 짝사랑하는 '착하고' 초라한 수학 동아리 학생과 만인을 홀리는 '못된' 치어리더 슈퍼스타를 모두 직접 연기했다. 주인공도 빌런도 모두 그 자신이다. 똑같은 얼굴이지만, 중국 경극의 변검처럼 시시각각 수천 가지 모습으로 바뀐다. 사람들은 스위프트가 자기 이야기만 한다고 말한다. 그러나 한 가지 비밀이 있다. 테일러 스위프트는 하나이나 군단이다.

「Love Story」「You Belong with Me」「All Too Well」「Wildest Dream」「Reputation」……. 머릿속이 "은유와 고양이들"로 가득 찬 한 여자아이는 모든 노래를 한 편의 뮤지컬처럼 드라마로 채운다. 현실과 환상 사이의 숱한 드라마에서 상처받고 자조하고 슬퍼하고 설레고 사랑하고 복수하고 승리하는 주인공을 절묘하게 연기한다. 철저히 계산된 복면의 퍼포먼스와 무모하리만큼 솔직한 나신의 고백을 양단에 놓고 곡예를 부리는 스위프트의 독보적인 페르소나는 기만적으로 단순한 허울 밑에서 복잡하고 정묘하게 매혹한다. 한눈에 빤히 다 들여다볼 수 있을 듯 투명한 외피는 풀리지 않는 수수께끼를 숨기고, 철면피 같은 상술이다 싶으면 뜻밖의 여린 진심이 드러나는, 보일 듯 보이지 않고 잡힐 듯 잡히지 않는, 너무나 평범하면서도 너무나 신비로운, 일상과 판타지를 아우르는 이야기들. 하나이자 군단인 그는 무려 20년에 가까운 세월 동안, 바로 우리 눈앞에서 시시각각 허물을 벗고 어른으로 성장하면서, 그야말로 '끝없는 이야기'를 들려주고 있고, 그 이야기의 힘 덕분에 자기 방에서 피가 나도록 기타 줄을 뜯던 외로운 아이의 일상은 미국의 GDP를 좌우하는 글로벌 슈퍼스타의 현실이 되었다. 삶은 이야기가 되고 이야기는 다시 삶이 된다. 그의 삶과 이야기는 하나로 어우러져 이제 전설의 반열에 오르고 있다.

『테일러 스위프트』의 마무리 작업이 한창이던 지난달, 《뉴욕 타임스》는 "테일러 스위프트는 얼마나 대단한가?How Big Is Taylor Swift?"라는 기획기사를 통해 과거의 전설적 팝 아이콘들과 테일러 스위프트의 성공을 수치와 그래프로 비교했다. 히트곡의 수는 비틀스, 앨범 판매는 마이클 잭슨, 팝스타로서의 경력은 브리트니 스피어스, 퍼포먼스는 '시기era'라는 말을 유행시킨 변신의 귀재 마돈나, 투어와 수상 경력은 엘튼 존과 브루스 스프링스틴이 벤치마크였다. 스위프트는 기라성 같은 전설들과 모든 부문에서 대등하게 경쟁하거나 우위를 차지했다. 과거 스타들의 기록이 전 세계인이 한 음악에 귀를 기울이던 대중문화의 대통합기에 쓰였다는 사실까지 고려하면 그의 위업은 가히 초현실적이다.

게다가 성공의 패턴이 몹시 특이하다. 대다수 아티스트들이 경력의 초기나 중기에 정점에 달하고 금세 활동을 중단

하거나 차차 쇠락한 반면, 스위프트는 무려 19년에 걸쳐 꾸준히 음악적 수준과 상업적 성공의 규모를 끌어올려 왔기 때문이다. 대중음악 역사의 모든 기록이 실시간으로 갱신되고 있다. 이 책의 원서 초판은 2019년에 출간되었는데, 지난 5년간 그가 보여준 행보를 따라잡지 못해 번역 작업 중 두 차례나 새로운 내용이 추가되었다. 그때마다 신기록을 갈아치운 앨범, 전례 없는 규모의 스타디움 투어, 수상 경력들이 덧붙여졌다. 그리고 지난 4월 19일에는 신보 『The Tortured Poets Department^{고통받는 시인들의 부서}』가 발매되었다. 무려 31곡이 수록된 이 대작은 발매되자마자 빌보드 차트 1위에서 14위까지를 모조리 수록곡으로 줄 세우는 기염을 토했다.

대중문화의 상징과 은유로 가득한 『The Tortured Poets Department』는 스위프트의 상업적 위력과 감정적 파괴력을 보여주는 앨범이다. 어마어마한 성공을 거둔 이 앨범이 지난 6년간 테일러 스위프트 앨범의 뮤즈였던 조 알윈과의 이별을 거치며 탄생했다는 걸 모르는 사람은 없었다. 지독하리만큼 사적인 삶의 상처를 적나라하게 드러내는 이 앨범을 들으면서, 이 슈퍼스타의 성공을 질시하기만 한다는 건 불가능하다. 청자는 난도질할 칼을 마음에 품고 심판관처럼 앉지만, 스위프트의 노래는 듣는 이를 이야기의 힘으로 끌어들여 끝내 연민하고 감응하게 만든다. 이야기가 실패했을 때 치러야 할 대가는 끔찍하다. 모두가 그가 실패할 순간을 기다리고 있음을, 스위프트는 안다. 그리고 그것을 다시 이야기로 바꾼다. 슈퍼스타가 된 시골 여자아이, 스쳐 지나가 잊힐 운명의 대중스타, 영화배우 클래라 보^{Clara Bow}를 닮았다는 말을 듣던 여자아이는 이제 스스로 전설의 반열에 올랐다. 그러나 빛나는 조명 속 그 찬란한 무대의 천국은 언제나 삽시간에 지옥의 나락으로 떨어지는 위험을 감내한 대가다.

이런 조명 아래 보니까 넌 클래라 보를 닮았구나
독보적이야
평생 살아오면서, 넌 네가 장미꽃처럼
뽑혀 갈 줄 알고 있었니

(…)

아름다움은 짐승
네 발로 기며 "더 내놓으라고" 요구하며 포효하지
소녀답게 반짝이는 낯빛이 깜박일 때가 되어서야
그제야 사람들은 말해줘
천국 같다는 건 지상의 지옥이라고
브레이크는 그들이 밟는 거라고
결코 부드럽게 밟아주지는 않을 거라고

너는 이런 조명 아래 보니까
테일러 스위프트를 닮았구나.
우리는 그게 정말 마음에 들어.
테일러한테는 에지가 없었는데
너한테는 있네.
미래가 밝다.
…눈부셔.

You look like Clara Bow in this light
Remarkable
All your life, did you know
You'd be picked like a rose

(…)

Beauty is a beast that roars
Down on all fours
Demanding "more"
Only when your girlish glow
Flickers just so
Do they let you know
It's hell on earth to be heavenly
Them's the breaks

They don't come gently

You look like Taylor Swift
In this light
We're loving it.
You've got edge she never did
The future's bright
... Dazzling.

—테일러 스위프트의 곡 「Clara Bow」 가사 중 일부

망각과 죽음은 시간의 문제다. 오로지 공연의 매혹만이 시간을 번다.

이것은 지혜로운 이야기꾼의 목소리다. 유랑하는 음유시인과 외로운 방랑자의 장르, 전승되는 이야기의 장르, 컨트리음악의 목소리다. 스위프트는 우리 시대를 장악한 '서사의 위기'에 호소한다. 모두를 고립시키는 정보의 홍수 속에서 경이롭고 의미심장한 무언가를 품은 이야기, 오라를 품은 이야기로 공동체를 엮어내는 이야기꾼이다. 처음에는 수백, 다음에는 수천만, 그리고 수억 명의 동세대가 스위프트의 이야기를 통해 마음의 공동체로 연결되었다. 평범한 소녀의 신데렐라 스토리, 뮤즈를 찾는 시인의 이야기, 괴롭힘

을 극복하고 복수에 성공하는 너드의 이야기, 외로움을 이겨내고 수억 명의 '자기 편'을 되찾은 귀향의 서사. 스위프트는 이 세계가 개인에게 부과하는 수치와 두려움을 만인의 눈앞에서 겪고 헤치고 극복했으며, 상처의 위험을 무릅쓰고 자신을 이야기에 새겼다. 다만 아무것도 '설명'하지 않았다. 언제나 '이야기'했다. 발터 벤야민의 '이야기꾼'을 떠올리지 않을 수 없다. 발터 벤야민은 "이야기의 서술자는 이야기할 내용을 경험에서 얻는다. 직접적 경험일 수도, 들은 것일 수도 있다. 그러고는 자신의 그러한 경험을 다시금 듣는 사람의 경험으로 만든다"(한병철, 『서사의 위기』)라고 말했다. 스위프트는 공유된 서사가 부재하는 이 시대에 호소하는 아티스트다. 그리하여 그의 이야기는 풍부한 경험과 지혜를 동원해 삶을 살아가는 사람들에게 조언한다. 고립되고 외로운 세대에게 함께 나눌 서사를 준다.

『The Tortured Poets Department』는 이야기 속 이야기들로 가득하다. 부모와 단절된 외로운 아이들이 시를 통해 성장하는 영화 〈죽은 시인의 사회〉, 웨딩드레스를 입고 버려진 찰스 디킨스의 미스 해비셤Miss Habisham, 광기로 격리되고 치료받은 여성 시인 실비아 플라스, 알바트로스를 목에 걸고 온 세계를 방랑하며 슬픈 이야기를 전하도록 저주받은 새뮤얼 테일러 콜리지Samuel Taylor Coleridge의 「늙은 노수부의 노래The Rime of the Ancient Mariner」…… 포스트 말론과 함께

한 타이틀곡 「Fortnight²주일」은 제목에서부터 이제는 잘 쓰이지 않는 문학적 어휘를 가져왔다. 자조하고 슬퍼하고 미워하고 사랑하고 퍼질러 울기도 하는 가사는, 운율로 정제되고 음악과 어우러져 아득하게 먼 곳을 소환한다. 그리하여 류트의 현을 스치는 바람처럼 아릿하게 심금을 건드린다. 무수한 논란과 스캔들, 풍문과 소문의 흙먼지가 가라앉으면 매혹적인 이야기들만 남는다. 앨범을 낼 때마다 무모하리만큼 판돈을 올려가며 위험을 돌파하는 스위프트는, 어쩌면 하루의 목숨을 부지하기 위해 끝없이 이야기를 자아내 매혹하는 궁극의 스토리텔러, 세헤라자드와 꼭 닮았다. 그는 20년 동안 이 외줄에 혼자 서 있다.

이 책은 테일러 스위프트의 말들로 구성되어 있다. 다른 사람이 아닌 스위프트 자신의 육성들이다. 그러나 이 목소리들은 맥락에서 떨어져 나온 조각들이다. 그러므로 부디 잘려나간 맥락을 감안하고 조금은 다정한 마음으로 읽어달라는 부탁을 하고 싶다. 받았던 질문이 있었을 것이고, 경박한 농담이 오가는 상황이 있었을 것이고, 홍보를 위해, 또는 예상되는 공격에 방어하기 위해 한 말들도 있을 터이다. 어린 시절 뱉은 말들을 지금쯤 후회하고 있을지도 모른다. 또 어떤 말들은 표정과 말투까지 덧붙여져야 완성되기도 할 것이다. 여기에 실린 말들은 나에게 왠지 오랜 세월에 걸쳐 성장하고 변화한, 세상의 모든 이야기를 아우르는 불세출의 이야기꾼, 그 페르소나를 안개처럼 자욱하게 재구성하는 미립자들 같다. 언제나 그의 말들은 퍼포먼스였고 이야기였고 쇼 비즈니스였다. 역자로서 마음산책에서 수전 손택, 패티 스미스에 이어 또 하나의 시대적 아이콘의 육성을 전달하게 되어 영광이다.

2024년 6월
김선형

1989

· 12월 13일, 펜실베이니아주 레딩에서 스콧과 안드레아 스
위프트 부부의 딸로 태어났다. 부모의 크리스마스트리 농
장이 있는 펜실베이니아주 와이오미싱에서 어린 시절을
보낸다. 아버지는 메릴린치에서 증권중개인으로 일한다.

2002

· 필라델피아 세븐티식서스의 농구 경기에서 국가를 제창
한다.

2003

· RCA 레코드와 육성 가수로 계약을 체결한다. 당해 연말
RCA 레코드는 스위프트가 열여덟 살이 될 때까지 음반
발매 여부를 결정하지 않고 지켜보겠다고 한다. 스위프트
는 결정을 기다리지 않고 회사를 떠난다.

· 애버크롬비 앤드 피치의 라이징 스타 광고 캠페인의 모
델이 된다.

2004

· 스위프트의 노래 「The Outside」가 컴필레이션 앨범 『Maybelline New York Presents Chicks with Attitude^{메이블}^{린 뉴욕이 소개하는 당당한 여자들}』에 수록된다.

· 스콧 스위프트는 딸 테일러가 내슈빌 뮤직 로우에 입성할 수 있도록 메릴린치 내슈빌 지부로 전근한다. 가족은 내슈빌 외곽의 테네시주 헨더슨빌에서 살게 된다.

· 헨더슨빌 고등학교 1학년 생활을 시작하고 오랜 친구로 남게 되는 애비게일 앤더슨을 만난다. 앤더슨은 훗날 스위프트의 노래 「Fifteen」에 등장하는 친구다.

· 내슈빌 블루버드 카페에서 공연한다. 유니버설 뮤직 그룹 내슈빌 지부에서 일하던 컨트리음악 업계의 베테랑 스콧 보체타가 객석에 있다가 자작곡들의 가능성을 본다. 보체타는―공식적으로 아직 존재하지 않던―자신의 새 레이블 빅 머신 레코드와 계약하자고 제안한다.

2005

· 소니/ATV 퍼블리싱과 발행 계약을 맺는다. 회사 역사상 최연소 작곡가였다.

· 보체타가 빅 머신 레코드를 창립하고 스위프트와 음반 계약을 체결한다.

2006

· 헨더슨빌 고등학교에서 2학년—마지막 학년이 됐다—을 마친다. 학교를 자퇴하고 음악과 커리어에 집중할 시간을 확보한다.

· 첫 싱글 「Tim McGraw」가 발매된다. 가을에 대학으로 떠나는 남자친구를 생각하며 학교 수업 시간에 쓴 곡이다. 스위프트의 '에디터'라고 자처하는 오랜 파트너 리즈 로즈와 공동으로 창작했다. 이 싱글은 빌보드 핫 컨트리송 차트에서 6위에 오른다. 어느 정도는 거물 가수—팀 맥그로—의 이름을 제목에 쓴 덕분이었다.

· 첫 앨범 『Taylor Swift』가 발매된다. 고등학교 재학 중에 리즈 로즈와 함께 쓴 곡이 다수 수록되었다. 여러 노련한 프로듀서들을 시험해본 뒤, 데모 곡 파트너로 오랫동안 함께 일했지만 프로듀서 일은 처음이던 네이선 채프먼Nathan Chapman을 영입해 한 곡을 제외한 앨범 수록곡 전곡을 프로듀싱하게 한다. 몇 달에 걸쳐 전국을 횡단하고 라디오방송국을 돌며 앨범을 홍보한 결과 빌보드 앨범

차트 5위에 오르는 성과를 얻고, 미국 레코딩 산업 협회 Recording Industry Association of America에서 7X 플래티넘 인증을 받는다. 「Teardrops On My Guitar」「Our Song」「Picture to Burn태워야 할 사진」 등 다수의 곡이 「Tim McGraw」에 이어 싱글로 발매되어 괄목할 만한 성과를 거둔다.

· 래스컬 플랫츠Rascal Flatts의 『Me and My Gang나와 내 패거리』 투어에 오프닝 공연자로 참여한다.

2007

· 켈리 피클러, 잭 잉그램과 함께 브래드 페이즐리Brad Paisley 의 〈Bonfires&Amplifiers모닥불과 앰프〉 투어에 오프닝 공연 자로 참여한다.

· 제42회 아카데미 오브 컨트리뮤직 어워드Academy of Country Music Awards, 이하 ACM 어워드에서 최고의 신인 여성 보컬상 후보에 지명된다. 수상하지는 못하지만 「Tim McGraw」 라이브 공연 도중에 팀 맥그로 본인을 만난다.

· 팀 맥그로와 페이스 힐의 〈Soul2Soul II소울투소울 2〉 투어의 일부 공연에서 오프닝 공연을 한다.

· 「Our Song」이 싱글 발매되어 빌보드 핫 컨트리송 차트에서 처음으로 1위를 차지한다.

· EP 『Sounds of the Season: The Taylor Swift Christmas Collection성탄절의 소리: 테일러 스위프트 크리스마스 컬렉션』을 통해 가장 좋아하는 축일에 경의를 표한다.

· 2007년 컨트리뮤직 협회상Country Music Association Awards, 이하 CMA 어워드 시상식에서 유망한 신인 아티스트에게 주어지는 호라이즌상을 수상한다.

2008

· 제43회 ACM 어워드에서 최고의 신인 여성 보컬상을 수상한다.

· 조 조나스와 데이트한다. 조 조나스가 25초간의 전화 통화로 이별을 통보했다는 이야기를 〈엘런 디제너러스 쇼〉에서 밝힌다. 스위프트가 데이트 사실을 시인한 남자친구는 몇 명 없는데 조나스는 그들 중 하나다. 이후에는 연애와 관련해서는 철저히 함구하는 전략을 취한다.

· 각자 조나스 형제를 사귀었던 것을 계기로 셀레나 고메

즈와 친구가 된다. 두 사람의 우정—커리어는 물론이고—
은 형제와 헤어지고 나서 꽃을 피운다.

· 고등학교를 졸업한다.

· EP 『Beautiful Eyes^{아름다운 눈}』가 월마트 독점계약으로 발매
된다.

· 좋아했지만 부모님이 반대했던 남자에 대한 노래 「Love
Story」가 앨범 『Fearless』의 리드 싱글로 발매된다. 「Love
Story」는 컨트리음악 차트뿐 아니라 팝 차트에서도 좋은
성적을 거두면서 스위프트의 첫 크로스오버 히트곡이 된
다. 또한 이 곡은 캐나다와 호주 음악 차트에서도 1위에
올라 국제 무대에서 처음으로 진정한 성공을 거둔다.

· 두 번째 앨범 『Fearless』가 발매된다. 스위프트는 두 번째
앨범에서도 릴리 로즈, 네이선 채프먼과 협업 관계를 이
어갔지만, 콜비 컬레이^{Colbie Caillat}, 존 리치와도 새로 컬래
버레이션 작업을 한다. 앨범 전곡을 처음으로 공동 프로
듀싱한다. 스위프트의 가장 대표적인 노래들—로 여겨지
는—인 「Love Story」 「You Belong With Me」 「Fifteen」이
싱글로 발매된다. 「Love Story」와 마찬가지로 『Fearless』
도 엄청난 크로스오버 히트작이 되었고 빌보드 200 차트

1위에 올라 2009년 가장 많이 팔린 앨범으로 기록된다. 현재 빌보드 200 역대 앨범 차트 4위에 랭크되어 있다.

· 아메리칸 뮤직 어워드American Music Awards, 이하 AMA 컨트리 부문에서 최우수 인기 여성 아티스트상을 수상한다.

2009

· 가장 좋아하는 텔레비전 드라마 시리즈 〈CSI〉에 특별 출연한다. 이 드라마에서 살해당하는 캐릭터를 연기하고 싶다는 오랜 꿈을 실현한다.

· 앨범 『Fearless』 홍보를 위해 첫 솔로 콘서트 투어를 시작한다. 전석 매진된 투어는 인디애나주 에반스빌에서 출발해 아시아, 오스트레일리아, 유럽을 거친다.

· 영화 〈한나 몬타나: 더 무비〉에서 단역을 맡아 자기 자신을 연기한다. 노래 「Crazier더욱더 미친 듯이」로 사운드트랙에도 참여한다.

· 제44회 ACM 어워드에서 전 세계 젊은 팬들에게 컨트리 음악을 알린 공을 인정받아 크리스털 마일스톤상을 수상한다. 『Fearless』는 올해의 앨범상을 수상한다.

· 키스 어번^{Keith Urban}의 〈Escape Together^{함께 탈출합시다}〉 월드
투어 일부 공연에 오프닝 공연자로 참여한다.

· 2009년 MTV 비디오 뮤직 어워드^{MTV Video Music Awards, 이하}
VMA 시상식에서 「You Belong With Me」로 최고의 여성
가수 비디오상을 수상한다. 카녜이 웨스트가 갑자기 무대
에 난입해 스위프트의 수상 소감을 도중에 끊고 비욘세
가 수상했어야 마땅하다고 우기는 사태가 발발해 구설수
에 오른다. 스위프트에게 지지와 응원이 쏟아지고, 비욘
세 본인과 버락 오바마도 지지 의사를 표한다. 이 사건으
로 스위프트와 카녜이는 오랜 세월 반목하게 된다.

· 『Fearless』가 백만 장이 넘는 판매고를 기록해 플래티넘
에디션 앨범을 발매한다. 이 앨범에는 신곡이 수록되고
뮤직비디오 DVD와 부가 영상이 포함되었다.

· 〈SNL〉에 호스트로 출연한다. 뮤지컬 독백 부분을 직접
작곡해서 '남자에 미친' 자기 곡들의 가사를 패러디했다.

· 제57회 BMI 컨트리 어워드^{BMI Country Awards}에서 「Love
Story」가 올해의 노래로 선정된다.

· CMA 어워드에서 『Fearless』로 올해의 엔터테이너상과

올해의 앨범상을 위시한 5개 부문의 상을 휩쓴다.

· 『Fearless』로 AMA 6개 부문에 노미네이트되어 올해의 아 티스트와 최우수 인기 컨트리앨범상을 비롯한 5개 부문 에서 수상한다.

· 존 메이어와 짧게 데이트한다.

· 내슈빌의 199만 달러짜리 콘도를 구매하면서 부모로부터 처음 독립한다.

2010

· 「White Horse」로 첫 그래미상(최고의 여성 컨트리 보컬 퍼포 먼스상)을 수상하고 앨범 『Fearless』로 그래미 올해의 앨범 상 최연소 수상자가 된다. 또한 최고의 컨트리 앨범상과 컨트리송 부문도 수상한다.

· 로맨틱코미디 영화 〈발렌타인 데이〉에 단역으로 출연한 다. 상대역으로 출연한 테일러 라트너를 만나 짧게 데이 트한다.

· 발매되기 전에 온라인에 유출됐던 노래 「Mine」이 『Speak

Now』앨범의 첫 싱글로 발매된다. 빌보드 핫 컨트리송 차트에서 2위에 오른다.

· VMA 시상식에서 「Innocent」를 공연한다. 전해 시상식에서 수상 소감을 끊고 난입한 카녜이 웨스트에게 화해의 뜻으로 보낸 메시지였다고 알려져 있다.

· 『Speak Now』를 발매한다. 이 앨범에는 공동 창작자가 없고, 지금까지도 유일하게 스위프트 혼자서 전곡을 작곡한 앨범으로 남아 있다. 처음에는 앨범 제목으로 「Enchanted」를 쓰려 했지만, 빅 머신 레코드에서 동화처럼 유치한 이미지에서 탈피하려면 제목을 바꾸는 게 좋겠다고 권유했다. 「Mine」외에도 「Back to December」와 「Mean」이 주요 싱글이었다. 앨범은 출시되자마자 빌보드 200 차트에서 1위를 차지하고 발매 첫 주에 백만 장 판매 기록을 달성한다.

· 배우 제이크 질렌할과 데이트한다. 두 사람의 연애와 이별이 『Red』앨범의 상당수 곡에 영감을 주었다는 풍문이 있다. (스위프트는 한 번도 구체적인 이름을 거론하지 않았다.)

· 제58회 BMI 컨트리 어워드에서 올해의 작곡가상 역대 최연소 수상자가 된다. 「You Belong With Me」역시 올해

의 노래상을 받는다.

· AMA 시상식에서 컨트리 부문 최우수 인기 여성 아티스트로 선정된다.

2011

· 제46회 ACM 어워드에서 최고상인 올해의 엔터테이너상을 수상한다.

· 『Speak Now』 월드 투어를 싱가포르에서 시작한다. 이 솔로 투어로 2011년 최고의 매출액을 달성한다.

· 캘리포니아주 베벌리힐스에 주택을 구입한다.

· 『Speak Now』 북미 투어를 시작하기 전, 내슈빌 공연 리허설을 팬들에게 공개하고 그 수익금을 미국 남동부 토네이도 피해자들을 위해 기부한다.

· 빌보드 뮤직 어워드Billboard Music Awards, 이하 BBMA에서 최고의 빌보드 200 아티스트, 최고의 컨트리 아티스트, 최고의 컨트리 앨범 부문(『Speak Now』)을 수상한다.

· ACM에서 컨트리음악에 국제적 관심을 불러일으킨 뮤지션의 노력을 기리는 상인 짐 리브스 인터내셔널상을 수상한다.

· 《빌보드》 올해의 여성으로 선정된다.

· 드라마 〈그레이 아나토미〉의 주인공 이름을 딴 스코티시 폴드 고양이 메러디스 그레이를 입양한다.

· CMA 어워드에서 올해의 엔터테이너상을 두 번째로 받는다.

· AMA에서 최우수 인기 컨트리 여성 아티스트상, 최우수 인기 컨트리 앨범, 올해의 아티스트상을 수상한다.

2012
· 「Mean」으로 두 개의 그래미상을 수상한다.

· 닥터 수스Dr. Seuss의 동명 작품을 각색한 영화 〈로렉스〉에서 처음으로 더빙 연기를 선보인다.

· 제25회 니켈로디언 키즈 초이스 시상식에서 미셸 오바마

가 시상자로 등장해 선행과 자선 활동을 기리는 빅 헬프 상을 스위프트에게 수여한다.

· ACM 어워드에서 2년 연속 올해의 엔터테이너로 선정된다.

· 케네디가의 코너 케네디와 데이트한다.

· 쌍방으로 협업하고 싶다는 의사를 밝힌 이후 에드 시런과 친구 겸 컬래버레이터가 된다. 두 사람이 협업한 첫 곡은 「Everything Has Changed」로 트램펄린을 타며 작곡했다는 소문이 있다.

· 『Red』 앨범의 리드 싱글 「We Are Never Ever Getting Back Together」가 발매되어 처음으로 빌보드 핫 100 차트 1위에 오른다.

· 운동화 브랜드 케즈와 파트너십을 맺고 소녀들의 용기를 북돋는 신발 라인과 비디오 시리즈를 발표한다.

· 앨범 『Red』가 출시된다. 이전 앨범들이 컨트리음악에 팝적인 요소를 도입했다면, 『Red』는 컨트리음악의 영향으로부터 멀어져서 팝 쪽으로 결정적인 한 발을 내디뎠음

을 보여준다. 유명 팝 프로듀서 맥스 마틴과 셸백을 처음 영입해서 「22」 「I Knew You Were Trouble」 「We Are Never Ever Getting Back Together」를 작업한다. 앨범은 빌보드 200 차트 1위로 데뷔해 첫 주에 120만 8백 장이 팔린다.

· AMA에서 컨트리 부문 최우수 인기 여성 아티스트상을 수상한다. 이 시상식에서 「I Knew You Were Trouble」 공연을 처음 선보인다.

· 원디렉션One Direction 멤버 해리 스타일스와 몇 달간 사귄다. 팬들은 『1989』 앨범의 곡 다수가 그에 관한 곡이라고 추정한다.

2013

· 다이어트 코크Diet Coke의 브랜드 홍보대사가 된다.

· 네브라스카주 오마하에서 『Red』 투어를 시작한다. 투어는 유럽과 오스트레일리아를 거쳐 아시아에서 마무리됐고 그해 최고 매출을 달성한 투어로 기록된다.

· 1,775만 달러를 지불하고 로드아일랜드 워치힐 해변가의

대저택을 구매한다.

· BBMA에서 톱 아티스트상을 비롯한 여덟 개 부문을 휩쓴다.

· 덴버에서 주로 활동하던 DJ 데이비드 뮬러^{David Muller}가 콘서트 전 팬들과의 만남 시간에 스위프트의 엉덩이를 만지며 추행한다. 스위프트는 뮬러와 팬들이 방에서 나간 후 자기 팀에 이 사실을 알리고 경호팀의 호위를 받으며 콘서트장을 빠져나간다. 뮬러를 고용했던 덴버 라디오방송국 KYGO는 향후 사건을 독자적으로 조사한 후 뮬러를 해고한다.

· 「I Knew You Were Trouble」로 VMA 최고의 여성 가수 비디오상을 수상한다.

· 내슈빌 소재의 컨트리음악 명예의 전당 박물관에서 스위프트가 기부한 4백만 달러의 자금으로 테일러 스위프트 교육 센터를 개소한다. 센터에서는 참여형 음악 교육 기회를 제공하고 청소년을 위한 전시회를 개최한다.

· 가스 브룩스 이후 두 번째로 CMA 어워드에서 피너클상을 수상한다. 특별한 해에만 수여되는 이 상은 컨트리음

악에서 독보적인 성공의 경지에 이른 아티스트를 기린다.

· AMA 시상식에서 팝/록 부문 최우수 인기 여성 아티스트, 컨트리 부문 최우수 인기 여성 아티스트상, 최우수 인기 컨트리 앨범상(『Red』), 올해의 아티스트상을 수상한다.

2014

· 뉴욕으로 이사하면서 영화감독 피터 잭슨이 소유했던 아파트를 구매한다.

· 두 번째 고양이로 스코티시폴드를 입양해서 드라마 〈성범죄수사대 SVU〉의 주인공 올리비아 벤슨 형사의 이름을 붙인다.

· 영화 〈더 기버: 기억전달자〉에서 단역을 맡아 제프 브리지스, 메릴 스트리프와 함께 출연한다.

· 싱글 「Shake It Off」가 발매되고 스위프트의 두 번째 빌보드 핫 100 1위 곡이 된다. 앨범 『1989』의 리드 싱글이다.

· 《빌보드》 올해의 여성으로 선정되어 이 부문에 두 번 이

름을 올리는 영예를 안은 첫 아티스트가 된다.

· 최초의 순수한 팝 앨범 『1989』가 발매된다. 앨범 제목은
스위프트의 생년을 따서 지어졌으며 가수와 사운드의 재
탄생을 의미한다. 신스팝의 영감을 받은 이 앨범에는 밝
은 사운드와 색채감, 1980년대 인디음악의 감각이 있다.
맥스 마틴, 셸백과 다시 함께 작업하는 한편 잭 안토노프,
라이언 테더 등의 프로듀서를 새로 영입해 앨범 제작에
참여시킨다. 팝 앨범을 만들기로 결심한 스위프트는 컨트
리음악의 뿌리에서 완전히 멀어지는 것을 두려워한 소속
사의 반발에 부딪혔지만 자신의 비전에 따라 앨범 제작
을 강행한다. 「Welcome to New York」 「Bad Blood」 「Blank
Space」가 이 앨범에서 발매된 싱글들이다. 『1989』는 빌보
드 200 차트에서 1위로 데뷔해 첫 주에 128만 7천 장이
팔렸고 언론의 예측을 크게 상회하는 성과를 올린다.

· 앨범 『1989』 출시 당일, 뉴욕시 글로벌 웰컴 홍보대사로
임명된다.

· 싱글 「Welcome to New York」의 판매 수익금 전액을 뉴욕
시 공립학교들에 기부하겠다고 발표한다.

· 《월스트리트 저널》 기명 논평을 통해 스트리밍 서비스

업체에서 공짜로 음악을 제공해서는 안 된다고 주장한
후 몇 달 뒤 스포티파이에서 자신의 전곡을 모두 내렸다.
『1989』는 스포티파이에서 아예 초기 공개를 하지 않았다.

· 세 장의 앨범으로 발매 첫 주에 매번 백만 장 이상의 판
매고를 올린 업적을 인정받아 AMA에서 딕 클라크상을
수상한다.

· 그래미 박물관에서 〈테일러 스위프트 체험 전시회The Taylor
Swift Experience〉를 개최하고 자필 가사, 사진, 투어 굿즈, 그
밖의 가수 경력을 채운 기념품들을 전시한다.

· 〈바버라 월터스 프레젠츠: 2014년 가장 매혹적인 인물〉
TV 스페셜에 포함된다.

2015
· 브릿 어워드에서 국제 여성 솔로 아티스트상을 받는다.

· DJ 겸 프로듀서 캘빈 해리스와 데이트하기 시작한다.

· 어머니 안드레아의 암 진단 사실을 텀블러에 밝힌다. 팬
들에게 암 검진을 받으라고, 주위 사랑하는 사람들에게

암 검진을 권유하라고 말한다.

· 제50회 ACM 어워드에서 50주년 마일스톤상을 수상한
다. 어머니 안드레아 스위프트가 시상자로 등장해 딸에게
상을 수여한다.

· 『1989』 월드 투어가 일본 도쿄에서 시작된다. 특별 손님
으로 믹 재거에서 엘런 디제너러스에 이르기까지 여러
유명 인사가 매회 무대에 등장한다. 투어는 2억 5천 달러
의 매출액을 기록해 이전의 투어 기록을 뛰어넘는다.

· BBMA에서 여덟 개 부문을 휩쓸어—톱 아티스트와 톱
여성 아티스트 부문 포함—시상식 역사상 가장 많은 상
을 수상한 아티스트가 된다. 시상식에서 「Bad Blood」의
뮤직비디오를 처음 선보인다.

· 《포브스》 선정 세계에서 가장 영향력 있는 여성 100인 중
64위에 오른다.

· 애플뮤직에 공개서한을 보내 3개월 무료 체험 기간 동안
아티스트에게 저작권료를 지불하지 않는 관행을 비판한
다. 일주일도 지나지 않아 애플뮤직은 정책을 바꾸고 무
료 체험 기간의 저작권료를 아티스트에게 지불하겠다고

발표한다. 그 대가로 스위프트도 『1989』(와 그 밖의 앨범들)를 애플뮤직에 공개하겠다고 선언한다.

· 「Bad Blood」로 VMA 올해의 비디오상을 수상한다. 또한 카녜이 웨스트와 함께 시상자로 무대에 올라 마이클 잭슨 비디오 뱅가드상을 시상한다.

· 두 번째 베벌리힐스 저택을 구입한다. 이 집은 2,500만 달러로, 전 주인은 미국의 전설적인 영화제작자 새뮤얼 골드윈이었다.

· 성추행으로 기소된 덴버 DJ 데이비드 뮬러가 명예훼손으로 스위프트를 고소하며 허위 죄목으로 직업적 기회를 박탈했다고 주장한다. 뮬러는 또한 실제로 스위프트의 엉덩이를 만진 사람은 KYGO 라디오방송국의 상사 에디 해스켈이라고 주장한다. 뮬러가 소송을 제기하고 한 달 뒤인 10월에 스위프트가 맞고소를 한다. 소송 내용은 추행 당사자가 누구인지 스위프트 본인이 잘 알고 있으며 배심원 배석 재판을 요구하겠다는 것이었다. 손해배상금으로는 1달러를 요구했다.

· 에미상 시상식에서 〈아멕스 언스테이지드: 더 테일러 스위프트 익스피리언스AMEX Unstaged: The Taylor Swift Experience〉

로 인터랙티브 미디어 오리지널 인터랙티브 프로그램 부문 우수 창작상을 수상한다. 이 동영상에서 팬들은 「Blank Space」의 뮤직비디오 배경을 탐험할 수 있다.

· 작곡가 제시 브러햄Jessie Braham이 「Shake It Off」가 자신의 곡 「Haters Gone Hate」를 표절했다면서 소송을 제기한다. 판사는 놀랍게도 스위프트의 자작곡들을 참조하면서 사건을 기각한다.

· AMA에서 어덜트컨템포러리 아티스트상, 팝/록 부문 최우수 인기 앨범상(『1989』), 올해의 노래상(「Bad Blood」)을 수상한다.

· 애플뮤직에서 〈1989 월드 투어 라이브The 1989 World Tour Live〉를 공개했는데, 이는 애플뮤직에서 처음으로 발표한 대형 음악 영상 프로젝트 중 하나다.

2016

· 카네이 웨스트가 "어쩐지 아직도 테일러 스위프트와는 섹스할 수 있을 것 같아 / 왜냐고? 내가 그 년을 유명하게 만들어줬으니까"라는 가사를 포함한 노래 「Famous」를 발표한다. 스위프트 팀은 "년bitch"이라는 단어를 허락한

적이 없다고 발표하지만 웨스트는 이를 부인한다.

· 제58회 그래미 어워드에서 최고의 뮤직비디오(「Bad Blood」), 최고의 팝 보컬 앨범, 올해의 앨범(『1989』) 부문을 수상한다. 그래미 올해의 앨범상을 두 번 수상한 최초의 여성 아티스트가 된다—이전에 『Fearless』로 처음 수상했다. 수상 소감에서 여성의 성공을 깎아내리는 목소리를 무시하라고 말했는데, 웨스트의 「Famous」에 대항한 언사라고 생각하는 사람들도 있다.

· 프로듀서 닥터 루크가 운영하는 소니 임프린트 회사와의 계약을 종결하겠다는 케샤의 청원이 법원에서 거부되자 스위프트는 자비 25만 달러를 들여 케샤의 소송 비용을 부담한다.

· 제64회 BMI 팝 어워드 시상식에서 신설된 테일러 스위프트상의 최초 수상자가 된다.

· BBMA에서 톱 투어링 아티스트상을 수상한다.

· 역대 최고의 연 수익을 올린 여성 팝 스타로 기네스 월드 레코드에 기록된다.

· 배우 톰 히들스턴과 데이트한다.

· 전 남자친구 캘빈 해리스가 자신의 곡 「This Is What You Came For」를 작곡할 때 스위프트가 닐스 셰베리Nils Sjoberg 라는 필명으로 일부 멜로디를 만들었다는 루머를 인정한다. 해리스는 스위프트의 작곡 능력을 칭찬하면서도—꾸준히 불화설이 돌았던—케이티 페리에게 그랬던 것처럼 자기도 생매장하려 한다고 비난한다. 해리스와 스위프트는 두 사람의 관계에 곡이 묻힐까 봐 작곡가의 정체를 비밀로 하기로 합의했다고 한다.

· 《포브스》에서 그해 최고의 수익을 올린 셀럽으로 선정된다. 2016년 수익은 1억 7천만 달러다.

· 스위프트가 웨스트의 노래 「Famous」 속 가사를 허락하는 상황을 녹화한 동영상을 킴 카다시안이 게시한다. 카다시안이 스위프트를 뱀 이모지로 표현하자 카다시안의 팬들도 그를 따라 스위프트의 소셜미디어 계정에 뱀 모양 이모지를 도배한다. 스위프트는 노래 자체는 지지할 생각이었지만 "Bitch"라는 단어의 사용을 허락한 적은 없다는 입장을 한 번 더 내놓는다.

· 데이비드 뮬러가 스위프트의 맞소송을 무효화하려 시도

하지만 실패한다.

· 컨트리음악 그룹 리틀 빅 타운Little Big Town을 위해「Better Man더 나은 남자」을 작곡해준다. 리틀 빅 타운은 처음에 스위프트의 작곡 사실을 숨겼으며, 노래 자체가 아니라 테일러 스위프트라는 이름에 관심이 쏠리는 것을 원치 않았다고 말한다.

2017

· 배우 조 알윈과 데이트를 시작한다. 알윈과의 관계를 몇 달 동안 비밀로 하는 데 성공했고, 프라이버시를 지키기 위해 레드카펫에 함께 나타나거나 인터뷰에서 연애 이야기를 하지도 않았다.

· 스포티파이에 카탈로그 전곡이 올라간다.『1989』는 애초에 이 플랫폼에서 발매된 적이 없다. 빅 머신 레이블 그룹은『1989』가 천만 장의 판매고를 올린 사실을 축하하는 의미에서 스포티파이에 음악을 올린다고 발표한다. 일각에서는 라이벌 케이티 페리가 앨범『Witness』를 공개하는 날짜라서 6월 9일을 골랐다고 추정한다.

· 스위프트와 뮬러가 덴버의 민사법원에 출두한다. 스위프

트와 어머니 안드레아를 포함한 스위프트 팀이 4일에 걸쳐 힘겨운 증언을 마친 후, 8인의 배심원들이 스위프트의 손을 들어준다. 이들은 스위프트가 뮬러에게 추행당한 것이 사실이며 스위프트 측이 불법적으로 뮬러의 경력을 끝장내려는 의도로 행동하지 않았다는 결정을 내린다. 승소한 스위프트 측에 뮬러가 1달러의 손해배상금을 지불하라는 판결이 내려지지만, 뮬러는 아직도 배상금을 지불하지 않고 있다고 한다.

· 성폭행 생존자들을 돕는 기관 조이풀하트 재단에 기부한다.

· 소셜미디어 계정 게시물을 모두 삭제하자 새 앨범 발매가 임박했다는 추정이 돈다. 모든 게시물을 삭제하고 얼마 지나지 않아 뱀의 동영상들이 게시된다. 앨범 『Reputation』의 테마와 이미지를 보여주는 티저였다.

· 싱글 「Look What You Made Me Do」가 공개된다. 발매 당일 800만 회 스트리밍되며 일일 스트리밍 기록을 갱신한다. 이 노래와 뮤직비디오는 이전 몇 년에 걸쳐 스위프트를 에워싸고 벌어졌던 논쟁과 미디어의 억측을 다룬다. 카녜이 웨스트, 케이티 페리, 캘빈 해리스와의 불화설을 언급하고 미디어에서 터무니없이 과장되게 그려지는 자

기 모습을 풍자한다.

· 앨범 『Reputation』이 발매된다. 앨범은 뱀처럼 교활하게 뒤통수를 치는 테일러 스위프트의 새로운 페르소나로 기울다가 돌연 방향을 바꾸어 새 남자친구 조 알윈에게 영감을 받았다고 추정되는 달콤한 러브 송들로 전환한다. 맥스 마틴, 셸백, 잭 안토노프만이 프로듀서로 참여했는데 모두 스위프트의 신뢰를 받는 협업자들이다. 「Look What You Made Me Do」에 이어 「···Ready for It?」 「Gorgeous」 「Delicate」가 싱글로 발매된다. 스위프트는 앨범 발매 당시 인터뷰도 하지 않고 언론에 일절 모습을 드러내지 않았지만, UPS, 타깃, AT&T와 앨범 홍보 파트너십을 맺는다. 앨범은 빌보드 200 차트에 1위로 데뷔해서 첫 주에 120만 장 판매된다.

· 미투운동으로 "침묵을 깨뜨린 사람" 중 하나로 《타임》 올해의 인물에 선정된다. 선정 인티뷰 기사에서 스위프트는 성추행 사건과 이어진 민사소송을 이야기하고 성폭행 생존자들을 응원하면서 그 경험이 자기 탓이라고 생각하지 않기를 바란다고 말한다.

2018

· 총기 법안 개혁을 지지하는 '우리의 생명을 위한 행진March for Our Lives'에 기부한 사실을 인스타그램에 밝힌다.

· 블루버드 카페로 돌아가 작곡가 크레이그 와이즈먼Craig Wiseman과 깜짝 공연을 펼친다. 「Shake It Off」「Love Story」 그리고 리틀 빅 타운을 위해 작곡한 「Better Man」을 부른다.

· 『Reputation』 스타디움 투어가 애리조나주 글렌데일에서 시작되어 북미, 유럽, 오세아니아, 아시아로 이어진다. 이 투어로 여성 아티스트 북미 투어 매출 기록을 갱신한다.

· 오랜 휴식기 이후 처음 참석한 시상식인 BBMA에서 톱 여성 아티스트상과 최다 판매 앨범상을 수상한다.

· 처음으로 명확한 정치적 입장을 밝히고 구체적인 후보들을 지지한다. 인스타그램을 통해 테네시주 중간선거에 출마한 민주당 후보 필 브레데센과 짐 쿠퍼를 지지한다고 밝힌다. 같은 글에서 여성과 LGBTQ 성소수자, 유색인의 권리를 옹호하기도 한다. 《Vote.org》에 따르면 스위프트가 정치적 입장을 표명한 후 24시간 사이에 16만 6천 명이 새로 투표 등록을 했고 이들 중 절반이 18세에서 29세

사이의 청년들이었다고 한다.

· AMA 올해의 아티스트상, 팝/록 부문 최우수 인기 여성 아티스트상, 팝/록 부문 최우수 인기 앨범상, 올해의 투어상을 수상한다. AMA 역사상 가장 많은 상을 수상한 여성 아티스트가 된다.

· 유니버설 뮤직 그룹과 다수의 앨범 출시 계약을 맺는다. 이 계약에 따르면 향후 모든 마스터 레코딩 권리를 스위프트가 갖게 된다. 유니버설 뮤직 그룹은 스포티파이 지분 판매에서 나오는 수익금 전액을 다시 소속 아티스트에게 "환수 불가"의 조건으로 배분하는 데 합의한다. 그 말인즉슨, 아티스트가 유니버설의 선불금을 모두 갚지 못한다 해도 스포티파이 매출 수익금은 현금으로 받게 되었다는 의미이다.

2019

· 아이하트라디오 뮤직 어워드에서 올해의 투어상과 최고의 뮤직비디오상(「Delicate」)을 수상한다. 수상 소감에서 숱한 사람들이 실패할 거라 생각했던 『Reputation』 투어를 성공으로 이끌어준 팬들에게 감사하다고 말한다. 또한 새로운 음악을 내놓을 때는 팬들에게 늘 처음으로 알리

겠다고 약속한다.

· 테네시주의 성소수자 권익을 옹호하는 단체 테네시 이퀄리티 프로젝트에 11만 3천 달러를 기부한다.

· 《타임》 선정 가장 영향력 있는 인물 100인에 포함된다. 팝 가수 숀 멘데스가 테일러 스위프트의 소개 기사를 쓴다.

· 내슈빌에 나비 벽화를 새로 그려달라고 아티스트 켈시 몬터규에게 의뢰한다. 나비 날개에는 하트, 고양이, 무지개, 꽃이 가득 그려져 있다. 모두 앞으로 발매될 음악을 예고하는 단서였다.

· 소셜미디어에서 몇 주간 티저 홍보를 한 끝에 싱글 「ME!」를 발표한다. 이 업비트 팝송은 자기애에 바치는 송가이며 사탕 빛깔의 뮤직비디오는 소소한 디테일들로 가득하다. (딕시 칙스를 위시한) "쿨한 여자들", 폭발해서 분홍색 나비들이 되는 뱀, 스위프트의 새 고양이 벤저민 버튼의 사진들이 등장한다. 발매 후 몇 주에 걸쳐 앞으로 새 음악이 계속 발매될 거라는 힌트를 던진다.

· 테네시주 상원의원 러마 알렉산더에게 편지를 보내 성소

수자 권익을 보호하고 성별, 성적 지향, 젠더 정체성을 근거로 한 차별을 금지하는 성평등법Equality Act을 지지해달라고 촉구한다. 편지에서 스위프트는 이 법안에 대한 도널드 트럼프 대통령의 입장과 성소수자 공동체를 대하는 대통령의 태도를 비판한다. 또한 대중이 성평등법 지지 의사를 서명으로 밝힐 수 있는 탄원서를 작성한다.

· 일곱 번째 스튜디오 앨범 『Lover』를 발매한다.

· 영화 〈캣츠〉에 봄발루리나 역으로 출연한다.

2020

· 다큐멘터리 〈미스 아메리카나〉가 넷플릭스에 공개된다. 〈미스 아메리카나〉는 앨범 『Lover』의 제작기, 스위프트가 곡을 쓰는 과정, 유명세 속에서 사적인 삶을 평화롭게 지켜내기 위한 도전을 기록한다. 또한 2018년 미국 중간선거 당시 민주당 후보자들을 공개적으로 지지할지를 놓고 스위프트가 자신의 팀과 논의하는 과정을 보여주면서, 그의 정치적 입장을 보다 명확하게 밝힌다.

· 코로나19로 인해 『Lover』 투어를 중단한다.

· 인스타그램에 스위프트가 숲속에 서 있는 흑백사진을 게시한다. 이는 이전 앨범들의 콘셉트에서 크게 달라진 모습이었다. 당일 저녁, 해당 이미지가 여덟 번째 스튜디오 앨범 『Folklore』의 커버 이미지이며 앨범은 자정에 공개될 예정이라고 발표한다.

· 『Folklore』는 팝 문화적 현상이 되면서 2020년 가장 많이 팔린 앨범으로 등극한다. 앨범은 스위프트의 개인적인 이야기뿐 아니라 허구적 캐릭터 혹은 역사적 인물을 끌어오면서 그의 작곡 능력을 극대화해 보여준다. 앨범의 전체적인 사운드는 기존에 스위프트가 들려주던 팝적인 느낌보다는 인디 발라드에 가깝다. 성숙한 가사와 새로운 스타일의 사운드가 결합하면서 전 대중의 호응을 이끌어내는 동시에 스위프트의 팬층이 넓어진다. 『Folklore』는 코로나19 기간에 녹음되었으며, 스위프트는 잭 안토노프, 애런 데스너Aaron Dessner 등 소수의 프로듀서와 함께 주로 원격으로 작업한다. 앨범의 전반적인 내용은 팬데믹이 시작되고 고립된 상태에서 스위프트를 자극한 상상력으로부터 탄생했다.

· 다큐멘터리 〈Folklore: 롱 폰드 스튜디오 세션〉 제작을 발표하면서 함께 만들어진 새로운 앨범을 자정에 공개하겠다고 밝힌다. 디즈니플러스에서 스트리밍 가능한 이 다

큐멘터리는『Folklore』전곡의 라이브영상뿐 아니라 잭 안토노프, 애런 데스너와 함께 이야기한 앨범 제작기를 다룬다. 스위프트가 처음 감독 및 제작을 맡은 작품인 〈Folklore: 롱 폰드 스튜디오 세션〉은 고른 호평을 받는다.

· 12월, 스위프트는 다시 한번 숲속에 있는 자신의 모습이 담긴 사진들을 인스타그램에 올린다. 그날 밤, 새 앨범 『Evermore』를 발표한다. 『Evermore』에 대해 『Folklore』의 자매 격인 앨범이라고 말한다. 『Folklore』처럼 『Evermore』역시 고립된 상태에서 작곡했으며, 〈Folklore: 롱 폰드 스튜디오 세션〉을 제작한 이후 애런 데스너, 잭 안토노프와 함께 만든 곡들도 일부 담겨 있다. 『Evermore』는 『Folklore』와 유사하며, 스위프트의 상상과 실제 경험으로부터 끌어 올린 이야기로 채워져 있다. 『Folklore』의 인디적인 감성은 유지하면서 음악적인 실험을 조금 더 감행한다.

· AMA 올해의 아티스트상, 최우수 인기 팝/록 여성 아티스트상, 최우수 인기 뮤직비디오상(「Cardigan」)을 받는다.

2021

· 『Lover』 투어를 공식적으로 취소한다. 티켓을 구매한 팬

들에게는 모두 환불 조치를 한다.

· 처음 재녹음한 앨범 『Fearless(Taylor's Version)』를 발매한
다. 처음 재녹음한 싱글 「Love Story(Taylor's Version)」가 빌
보드 핫 컨트리 차트 1위를 차지하면서 스위프트는 돌리
파튼 이후 처음으로 원곡과 재녹음한 곡 모두 1위를 차지
한 아티스트가 된다. 『Fearless(Taylor's Version)』는 앨범 차
트 1위에 등극한다. 팬들과 비평가들은 스위프트의 발전
한 보컬과 나아진 악기 편성을 높이 평가한다.

· 두 번째 재녹음 앨범 『Red(Taylor's Version)』을 발매한다.
여러 토크쇼 출연, 스타벅스와의 협업, SNL 라이브 무
대 등을 통해 앨범을 홍보한다. 기존의 디럭스 앨범에 수
록됐던 스무 곡뿐 아니라 신곡 여섯 곡, 따로 발표됐던
세 곡, 그리고 팬들이 『Red』에서 가장 사랑한 「All Too
Well」의 10분짜리 버전이 담겼다. 스위프트는 이 곡의 뮤
직비디오를 직접 연출하고 각본까지 쓰며 가을을 배경으
로 한 사랑과 이별을 그려냈다.

· AMA에서 최우수 인기 팝/록 여성 아티스트상, 최우수 인
기 팝/록 앨범상(『Evermore』)을 받는다.

· 톱 빌보드 200 아티스트상, BBMA 톱 여성 아티스트상을

수상한다.

· 브릿 어워드에서 글로벌 아이콘상을 받는다.

· 『Folklore』로 그래미 올해의 앨범상을 받는다.

2022
· 뉴욕대학교에서 예술학^{Fine Arts} 명예박사학위를 받고 졸업생들을 위한 축사를 한다.

· 열 번째 앨범 『Midnights』를 발매한다. 『Midnights』를 통해 『Folklore』와 『Evermore』의 '숲속 오두막에서 작업한 듯한' 포크 음악적 감성에서 팝 음악으로 귀환한다. 스위프트는 『Midnights』를 그가 살면서 경험했던 불면의 밤들을 담아낸 콘셉트 앨범이라고 소개한다. 앨범이 발매된 날 새벽 3시에는 기존 앨범에 포함되지 않은 곡들을 추가한 『Midnights(3am Edition)』를 추가로 발표한다. 「Anti-Hero」 「Lavender Haze」 「Karma」 등이 앨범의 싱글로 공개된다. 『Folklore』 시기에 유입된 팬들은 다소 실망하는 반응을 보였지만, 평론가들에게 압도적인 호평을 받는다.

· 역사상 처음으로 빌보드 핫 100 차트 1위부터 10위까지

의 모든 곡을 자신의 노래로 채운다.

· 자신의 커리어 전체를 아우르는 〈에라스 투어〉를 예고한
다. 선판매 기간 동안에만 무려 200만 장의 티켓이 팔리
는데, 이는 북미 투어 공연 모든 좌석의 90퍼센트에 달하
는 수치이다. 일반 판매는 남은 티켓이 부족해지면서 취
소된다. 투어는 그가 공연하는 도시의 지역 경제가 살아
날 정도로 대성공을 거둔다.

· 서치라이트 픽처스를 통해 장편영화를 연출할 것이라고
발표한다. 그다음 주, 《버라이어티》가 제작하는 인터뷰
프로그램 〈디렉터스 온 디렉터스Directors on Directors〉에 마틴
맥도나 감독과 함께 출연해 음악을 만드는 데서 뮤직비
디오를 연출하는 변화에 대한 과정과 영화를 향한 열망
을 이야기한다.

· VMA에서 최고의 장편비디오상과 올해의 비디오상(〈All
Too Well: The Short Film〉)을 수상한다.

· AMA에서 올해의 아티스트상, 최우수 인기 컨트리 여성
아티스트상, 최우수 인기 팝/록 여성 아티스트상을 받는
다. 또 최우수 인기 뮤직비디오상과 최우수 컨트리앨범
상, 최우수 팝앨범상을 수상한다.

· BBMA에서 톱 빌보드 200 아티스트상, 톱 컨트리 아티스트상과 톱 컨트리 여성 아티스트상을 받는다. 톱 컨트리 앨범상으로는 『Fearless(Taylor's Version)』가 후보에 올랐지만 『Red(Taylor's Version)』로 상을 받는다.

2023

· 〈All Too Well: The Short Film〉으로 그래미어워드 최우수 뮤직비디오상과 할리우드 비평가 협회 영화상Hollywood Critics Association Film Awards 최우수 단편상을 수상한다.

· 니켈로디언 키즈 초이스 시상식에서 최우수 인기 여성 아티스트상, 최우수 인기 앨범상(『Midnights』)을 수상하고, 자신이 기르는 고양이 올리비아 벤슨이 최우수 인기 반려동물상을 받는다.

· 애리조나주 글렌데일에서 〈에라스 투어〉가 시작된다. 이 공연은 같은 스타디움에서 한 달 전 열렸던 슈퍼볼 행사보다 더 많은 수익을 거둔다.

· 아이하트라디오 뮤직 어워드에서 혁신가상, 올해의 팝 앨범상(『Midnights』), 올해의 노래상과 올해의 가사상(「Anti-Hero」), 올해의 틱톡 밥Bop상(「Bejeweled」), 최우수 샘플 활

용상(「Question…?」)을 수상한다.

· 오랜 연인이었던 조 알원과 헤어진다. 결별 소식이 전해지던 시기에 발매된 곡 「Hits Different」와 「You're Losing Me」는 팬들 사이에서 관계의 끝을 노래한다고 해석된다.

· MTV 무비 앤드 TV 어워드에서 「Carolina캐롤리나」로 최우수 음악상을 수상한다.

· 『Lover』 앨범에 수록됐던 곡 「Cruel Summer잔인한 여름」를 4년 만에 싱글로 다시 발매한다. 이 곡은 〈에라스 투어〉가 진행되면서 팬들 사이에 가장 인기 많은 곡으로 입소문을 타 차트를 역주행한다. 이는 과거에 발표했던 곡을 홍보하는 스위프트만의 독특한 방식으로 자리 잡는다.

· 앨범 『Speak Now(Taylor's Version)』를 발매한다. 기존 앨범에 수록되지는 않았지만 앨범 제작 기간에 만들어졌던 미발매곡이 여섯 곡 담겨 있고, 이 곡들은 앨범 『Speak Now』처럼 모두 스위프트가 단독으로 작곡했다. 일부 비평가와 팬들은 스위프트의 성숙해진 목소리가 이전 앨범의 매력을 반감시킨다고 생각하지만, 전반적으로 극찬을 받는다.

· VMA에서 「Anti-Hero」로 올해의 비디오상, 올해의 노래상, 최우수 팝 음악상, 최우수 연출상, 최우수 촬영상, 최우수 시각효과상을 받는다. 『Midnights』로는 올해의 앨범상을 받는다. 이외에도 올해의 아티스트상, 쇼 오브 더 서머상을 수상한다.

· 미국 미식축구 캔자스시티 치프스에서 타이트엔드로 활동하는 트레비스 켈시와 데이트를 시작한다. 스위프트가 처음 관람한 경기 당일 켈시의 유니폼 판매량은 400퍼센트 증가한다. 그가 두 번째로 관람한 경기에서는 여성 시청자 수가 200만 명 이상 늘어난다.

· 〈에라스 투어〉 영상을 담은 영화 〈테일러 스위프트: 디 에라스 투어〉를 발표한다. 가장 많은 수익을 거둔 콘서트 실황 영화가 된다.

· 《블룸버그》는 음반 판매 수익, 주택, 스트리밍 계약, 콘서트 티켓값, 각종 굿즈 등의 가치를 총합했을 때 스위프트가 억만장자라고 발표한다.

· 10월 27일, 『1989(Taylor's Version)』을 발매한다. 앨범은 2023년 스포티파이에서 하루 동안 가장 많이 스트리밍되었으며, 애플뮤직에서는 역대 최다 스트리밍 기록을 세

운다. 또 스위프트의 열세 번째 빌보드 200 차트 1위 앨범이자 21세기를 통틀어 가장 많은 주간 LP 판매량을 기록한 앨범이 된다. 이전 재녹음 앨범들처럼, 『1989(Taylor's Version)』은 평론가들에게 큰 호평을 받는다. 특히 향상된 보컬 실력과 앨범에 추가된 미발매곡이 좋은 평가를 받는다.

· 12월, 《타임》 올해의 인물에 선정된다.

2024

· 제66회 그래미 어워드에서 올해의 앨범상, 베스트 팝 보컬 앨범상을 받는다. 수상 소감에서 그는 다음 앨범 『The Tortured Poets Department』가 4월 19일 발매될 것이라고 발표한다. 새 앨범은 『Midnights』 발매 직후 준비되기 시작했으며, 〈에라스 투어〉를 진행하는 동안 비밀리에 작업됐다고 밝힌다.

정규 앨범

『Taylor Swift』

발매일	2006년 10월 24일
프로듀서	네이선 채프먼, 로버트 엘리스 오랠
음반사	빅 머신 레이블
싱글	「Tim McGraw」「Teardrops On My Guitar」「Our Song」「Picture to Burn」「Should've Said No」

『Fearless』

발매일	2008년 11월 11일
프로듀서	네이선 채프먼, 테일러 스위프트
음반사	빅 머신 레이블
싱글	「Love Story」「White Horse」「You Belong with Me」「Fifteen」「Fearless」

『Speak Now』

발매일	2010년 10월 25일
프로듀서	네이선 채프먼, 테일러 스위프트
음반사	빅 머신 레이블
싱글	「Mine」「Back to December」「Mean」「The Story of

Us」「Sparks Fly」「Ours」

『Red』

발매일	2012년 10월 22일
프로듀서	테일러 스위프트, 네이선 채프먼, 맥스 마틴, 쉘백, 제프 바스커, 댄 허프, 잭나이프 리, 버치 워커, 댄 윌슨
음반사	빅 머신 레이블
싱글	「We Are Never Ever Getting Back Together」「Begin Again」「I Knew You Were Trouble」「22」「Red」「Everything Has Changed」「The Last Time」

『1989』

발매일	2014년 10월 27일
프로듀서	맥스 마틴, 테일러 스위프트, 쉘백, 잭 안토노프, 라이언 테더, 노엘 잔카넬라, 알리 파야미, 네이선 채프먼, 이모겐 히프, 매트먼 앤 로빈
음반사	빅 머신 레이블
싱글	「Shake It Off」「Blank Space」「Style」「Bad Blood」「Wildest Dreams」「Out of the Woods」「New Romantics」

『Reputation』

발매일	2017년 11월 10일
프로듀서	테일러 스위프트, 맥스 마틴, 쉘백, 잭 안토노프, 알리

파야미, 오스카 괴레스, 오스카 홀터

음반사   빅 머신 레이블

싱글   「Look What You Made Me Do」「…Ready For It?」

「End Game」「New Year's Day」「Delicate」「Getaway

Car」

『Lover』

발매일   2019년 8월 23일

프로듀서   테일러 스위프트, 잭 안토노프, 조엘 리틀, 루이스 벨,

프랭크 듀크스

음반사   리퍼블릭 레코드

싱글   「ME!」「You Need to Calm Down」「Lover」「The

Man」「Cruel Summer」

『Folklore』

발매일   2020년 7월 24일

프로듀서   애런 데스너, 잭 안토노프, 테일러 스위프트, 조 알윈

음반사   리퍼블릭 레코드

싱글   「Cardigan」「Exile」「Betty」

『Evermore』

발매일   2020년 12월 11일

프로듀서   애런 데스너, 테일러 스위프트, 잭 안토노프, 브라이

스 데스너

음반사	리퍼블릭 레코드
싱글	「Willow」「No Body, No Crime」「Coney Island」

『Midnights』

발매일	2022년 10월 21일
프로듀서	테일러 스위프트, 잭 안토노프, 사운웨이브, 자한 스위트, 키아누 비츠
음반사	리퍼블릭 레코드
싱글	「Anti-Hero」「Lavender Haze」「Karma」

『The Tortured Poets Department』

발매일	2024년 4월 19일
프로듀서	테일러 스위프트, 잭 안토노프, 애런 데스너, 패트릭 버저
음반사	리퍼블릭 레코드
싱글	「Fortnight」

재발매 앨범

『Fearless (Taylor's Version)』

발매일	2021년 4월 9일
프로듀서	테일러 스위프트, 크리스토퍼 로위, 잭 안토노프, 애

런 데스너

음반사   리퍼블릭 레코드

싱글   「Love Story (Taylor's Version)」「You All Over Me」

                  「Mr. Perfectly Fine」

『Red (Taylor's Version)』

발매일   2021년 11월 12일

프로듀서   테일러 스위프트, 크리스토퍼 로위, 쉘백, 애런 데스

                  너, 잭 안토노프, Elvira Anderfjard, 댄 윌슨, 제프 바

                  스커, 잭나이프 리, 버치 워커, 에스피오나지

음반사   리퍼블릭

싱글   「I Bet You Think About Me」「Message in a Bottle」

                  「All Too Well (10 Minute Version)」

『Speak Now (Taylor's Version)』

발매일   2023년 7월 7일

프로듀서   테일러 스위프트, 크리스토퍼 로위, 애런 데스너, 잭

                  안토노프

음반사   리퍼블릭

싱글   「I Can See You」

『1989 (Taylor's Version)』

발매일   2023년 10월 27일

프로듀서	테일러 스위프트, 크리스토퍼 로위, 잭 안토노프, 라이언 테더, 노엘 잔카넬라, 이모겐 히프, 쉘백, 패트릭 버저
음반사	리퍼블릭
싱글	「Slut!」 「Is It Over Now?」